超好看

35

超好看

35

大唐秘闻录

衣冠冢

林戈声——著

中国華僑出版社
北京

图书在版编目（CIP）数据

大唐秘闻录. 衣冠冢 / 林戈声著. — 北京：中国华侨出版社，2018.3
ISBN 978-7-5113-7428-8

Ⅰ. ①大… Ⅱ. ①林… Ⅲ. ①侠义小说－中国－当代 Ⅳ. ①I247.5

中国版本图书馆CIP数据核字（2018）第020266号

大唐秘闻录. 衣冠冢

著　　者：林戈声
责任编辑：紫　夜
装帧设计：46设计
封面插图：朴　缜
经　　销：新华书店
开　　本：880mm×1230mm　1/32　印张：8.5　字数：278千字
印　　刷：北京嘉业印刷厂
版　　次：2018年6月第1版　2018年6月第1次印刷
书　　号：ISBN 978-7-5113-7428-8
定　　价：42.00元

中国华侨出版社　北京市朝阳区静安里26号通成达大厦3层　邮编：100028
法律顾问：陈鹰律师事务所
发 行 部：（010）82068999 传真：（010）82069000
网　　址：www.oveaschin.com
E-mail：oveaschin@sina.com

如发现图书质量问题，可联系调换。质量投诉电话：010-82069336

目录

CONTNETS

1

妖僧

什么是江湖?

第一次相遇，文心就问了叶知秋这个问题。

英雄。

侠义。

叶知秋每说一个词，文心就用他小拇指的指甲刮一下眉毛。他把小拇指的指甲留得有寸许长，精心修剪出弧度。

叶知秋感到脸上微微发烧，他搜肠刮肚地使劲想了一下，想出了一个不错的答案：

自由。

叶知秋说：只有自由，是江湖独有，而别处没有的。

文心从怀里摸出六枚铜钱，轻轻放在桌上。

一碗酒作价三钱。

他喝了两碗，叶知秋喝了一碗。

他没有给叶知秋付酒钱。

那时天快要下雨。

文心走入了灰蒙蒙的水汽里，像融化了一样，慢慢地走远了。

那次文心杀了四个人，叶知秋没能抓住他。

文心曾和叶知秋打了一个赌。

他说：我问一个问题，你回答出来，我就跟你走，走堂供的时候你问什么，我答什么，一个字也不会骗你。你要是回答不出来，明年这个时候，我们“北堂”再见，你告诉我新的答案。

叶知秋说：答案在你心里，我可能永远也答不出来。

文心的目光顺着厅堂里一根立柱看上去：我已经把答案写好了，就放在那里，你可以上去检查。

叶知秋说：你就不怕我趁你不在，偷偷去看答案？

文心细而弯的眉毛蹙了蹙：俗。

叶知秋心里抖了一下——绝不是怕，他只是还没看惯——当差走南闯北这么多年，第一次碰到气质这样冶艳的妖僧，这妖僧眉心却还有一粒猩红的观音痣。

叶知秋永远也不会去偷看答案，就像他答应了不和文心动手，就一定会做到。

功夫略逊文心一筹不是原因。

原因是，文心说他在这个江湖混了一辈子，太厌倦和别人动手了。

这个赌打在年末，那时叶知秋刚接到抓捕文心和尚的任务。文心和尚杀了二十八个人。那天叶知秋刚从资料库抱了一大堆文书打算回去写年报，吹吹自己今年的丰功伟绩，多得点年赏。当他穿过廊道，推开官署门，却见桌上放着一只雪白的信封，不是用箭钉进来的，它乖乖地压在叶知秋的青玉镇纸下面，信封上还簪了一朵带露珠的桃花，粉红色的，正娇嫩，与青玉镇纸相映成趣。

镇纸、花、信封，都是不值钱的东西，放在一起，却极可爱。

文心邀请叶知秋去“北堂”一聚，他在信里说：无量寿佛，叶知秋，我不是来示威的。北堂之约，你要是来，不要带别人，最好也不要带武器，我也一样。

语气平实得像普通人往来传递的家信。

北堂是平康里最出名的妓院。因为平康里位于长安城北，北边最好的妓院“月云轩”，三年前把名字改成了“北堂”，店堂增扩三倍，雕梁画栋粉饰一新，贴以金箔，这么一衬，平康里其他妓馆全成了蓬头垢面的村妇。从这时起长安城的青楼客们开始管老鸨宋妈妈叫“宋二爷”。北堂的生意又上了一个台阶。

叶知秋走进北堂开阔的明间时，一个亮晃晃的光头从坐席上站了起来，向叶知秋招了招手。叶知秋注意到这只手的动作很软，很灵活，又很稳。如果这个人会武功，那么他的内力一定很醇厚。不知道和自己比起来怎么样。

文心招手过后，歉然地对叶知秋说：“没订到雅阁。我没想到北堂今天生意这么好。”

“金吾卫包了这里办尾牙，晚上的雅间都给他们订去了。”叶知秋竟然像个老朋友那样和文心交谈，这一点他自己也没有料到。他还以为双方怎么都要“夯”一下，这是捕快的行话，互相掂掂斤两，大部分时候都只动嘴皮子功夫，偶尔也露一两手。像今天这种情况，还要探探虚实，看双方有没有像信里说的那样没带武器，掂掂彼此的诚意和勇气。

但文心把场面弄得像老朋友出来打牙祭。

这样叶知秋就有点丈二的“文心”——摸不着头脑了。

两个人就这样聊着天，欣赏舞姬跳舞，随口地定下了约定。

在闲适地走入即将下雨的傍晚天色之前，文心还对叶知秋说了一句话：我今天打算杀四个人。

叶知秋霍然起身，拔刀——刀没带，腰上是空的！

文心用指甲搔了搔细弯的眉毛：无量寿佛。真是急性子，你把别的客人吓着啦，小叶。

“小叶”二字被他叫得极轻缓，像刚咽下去一口温温的黄酒。

叶知秋想起了刚定的约定，僵硬地慢慢坐下。

文心说：其实是五个。

叶知秋顿时心跳如擂鼓！

但那第五个，我今天亲眼见了，觉得不想杀，所以只打算杀四个。

文心不紧不慢地走入昏杳的暝色，过了一会儿，叶知秋听见他用传音入密把声音传过来，就好像他微微散发出酒气的唇贴在叶知秋的耳郭上：小叶，有人要杀你，你要小心一片雪，一朵云——

和一盏灯。

2

一朵云

回到落英院的时候楚云君刚洗好澡，叶知秋很疲惫了，也不避讳，就靠在门框上看楚云君跨出浴桶。夕阳已落，夜色却还没铺满天，楚云君就迎着窗户里衬进来的那一帘黯黯的蓝色，动作舒缓地擦干净身体，叶知秋想，这样丰润而闪着微微水光的身体，真好看。

真像——一片雪，一朵云，或者一盏幽幽的琉璃灯。

刚和楚云君相好的时候，叶知秋就让师父看过这个女人了，他倒不觉得楚云君有什么，主要是楚云君的鸨母，那个一脸凶相、额头一道横疤的老太婆，看上去像是那种“铁头帮”或者“石斧帮”的堂主，楚云君在她手里，就像一条被老苍鹰抓在爪子里的小银蛇。

叶知秋是大理寺的太祝，虽不过是个正九品上的芝麻官，但前年就赐了绯，又赐了鱼袋——也就是领着九品上的饷，穿着正五品的绯红官服，挂着配套的鱼袋，干着正五品的活。要让叶知秋说，这种“恩宠”没有更好。如今他不再是普通的大理寺喽啰，必要的时候太子都能抓。身份敏感，身边冒出来的人不能不过筛。这筛就是叶知秋的师父。

师父看过以后说那老太婆没问题，只是让叶知秋和楚云君悠着点。

楚云君有问题？叶知秋问师父。

师父摇摇头，说了个模棱两可的回答：看着罢。

看着罢？

一看就看迷了眼，乱了阵脚，而且也许永远也看不厌，哪怕她要杀他呢！

楚云君和北堂那些莺莺燕燕不同，她是那种小门小户，做长久生意的。这种通常是年老的妓女花钱买个小丫头，再买个宅院，从小好好调教，长大了就在那宅院里接客，有接得多的，给钱就开门，有挑剔的，守门的小丫头出个对子考考肚子里的墨水，女儿家么，都喜欢才子，要是客人里有相处得好又有钱的，就长久地只接待那么一个客人，直等到那客人待腻了走人，或者待不腻的把人从鸨母手里赎走。

比起青楼的热闹，这种小门小户倒也有一番自己的清净和雅趣。

至于叶知秋是如何结识了楚云君——年前的一笔糊涂账，因为来路太奇，回忆起来历历在目。

楚云君是张一丈交到叶知秋手里的。

张一丈，人称“一丈拳”，拳法很好，走刚猛一路，双臂天生比别人长一点，出拳时那双筋肉虬结的粗胳膊好像有一丈长。这当然是不可能的，只不过是张一丈出拳速度特别快，配合天生比别人长的胳膊和特殊的步法身形，使得之前还在一丈开外的拳头似乎眨眼就砸到了面前。

张一丈和他的一帮兄弟在太原那边专门占山为王劫镖车，地方巡捕没本事拿住他，就上报了大理寺，由刑部复核后，大理寺外派叶知秋去帮忙，把强盗窝连锅端了。

张一丈最后判了砍头，秋后发落，他死之前叶知秋去看他，这强盗头子的断头饭令人眼馋，鸡鸭鱼肉齐备，他盘腿坐在地上大嚼大咽，气氛之热烈，好像他明天不是要砍头，而是要娶皇帝的女儿。张一丈唯一不满的是那一壶酒对他来说顶多是漱漱口，叶知秋从身后拿出一坛价值不菲的新丰酒时强盗头子眼睛都绿了，呼的一下蹿到牢房门边——这么看着，他的身法倒真是精进了。

喝完一轮酒，强盗抹抹嘴："叶知秋，你抢走我一条命——"

叶知秋一口新丰酒喷出去——这一口少说值三十钱，叶知秋心痛得要命，而且还很生气：当初太原一场乱战下来他张强盗一边吐血一边竖大拇指的时候怎么说的来着？——我张某人技不如人，愿赌服输，打得痛快——咳咳咳咳，痛快！

有他咳在地上的一摊血痰和半颗门牙做证，怎么就成了他叶知秋蛮不讲理把人家的老命给抢走了呢？

但张强盗都要死了，叶知秋想想还是算了，不计较了。

没想到他不计较，强盗却不打算放过他。

"你得照顾我妹子！"张一丈中气十足地说。

"我和她非亲非故，凭什么照顾她？"叶知秋说。

"我妹子就我这么一个亲人，我死了她没人照顾了，她多可怜啊！"强盗一边啃猪蹄一边拍大腿，痛心得猪皮都喷出来一块。

叶知秋心平气和地跟强盗讲道理："世上可怜的女孩多了，我管不着。"

张一丈慢悠悠地说："那我就揭发你是我的同伙。"

"放屁。"叶知秋哂之，"鬼都不会相信。"

"哦？"张一丈饶有兴味地一笑，"那你家里怎么会有我的东西呢？"

叶知秋暗骂自己大意，他总是轻易就和这些江湖人打成一片，却往往忘记，和他打交道的江湖人大多同时具有罪犯的双重身份——撑死能吃的，淹死会水的，如今轮到他大理寺太祝叶知秋，被强盗把赃物藏到了自己家。

叶知秋丢了酒杯，站起来，冷冷地看着张一丈："你来真的？"

张一丈啃着一只鸭翅膀："小老弟，你不要弄得好像我多对不起你，老实跟你说，你看见我妹子就知道了，哼，到时候十头黄牛拉你，都不定能把你拉走呢！"

张一丈的脖子和他那颗乱蓬蓬的脑袋分家的第二天，叶知秋按着他给的地址找到了那座宅院。

宅门不阔气，小小的一间门脸，门额上写着秀丽的"落英"二字，叩不多时，一个丫鬟应了门。小丫头长着一张讨人喜欢的圆脸盘，大眼睛，穿一色素净的石青缎襦裙，没有小户人家的惊慌，也没有大户人家的傲气。天下着小雨夹雪，她把叶知秋让进门口的茶房，转身离开不多会儿就回来了，手里捧着一只黄铜小熏炉，亲昵却不显得过分殷勤地放入叶知秋手里取暖，这回离开才真的通报去了："官人稍等一等，奴婢这就去禀报小姐。"

叶知秋心里发笑：哟呵，强盗的妹妹还是位小姐。

叶知秋后来才知道，那天楚云君在床上睡了一天，她为了张一丈的死大哭了一场，头疼得根本起不来。

所以那天她只薄施了点粉，浑身上下没有点缀，眼睛低低垂着，由左右两个侍女扶着，弱不禁风地走了出来。她想给张一丈戴孝，但鸨母不让，她只好穿了一件樱草色的旧袄裙，那半旧的淡黄色也算近于白色了，外披一件银鼠皮的披风，也取它类近白色。

因此这样极端寡淡的打扮下，叶知秋一时间还真没看穿她的身份，他说："我是叶知秋，你哥哥张一丈伏法前把你托付给我，以后你有什么需要，只管跟我说，我家在……"

"你错了。"楚云君轻声说。

叶知秋不明白她的意思。

"我不是张一丈的妹妹，"楚云君说，"我只是他狎的妓。"

一瞬间，叶知秋感到一阵猛烈的眩晕，这眩晕之中还有一股难以抑制的冲动——冲到刑场上把张一丈的脑袋踩上二百脚！这算什么玩意儿？临死前把相好托付给老子？你那么放心不下，倒是早点儿给人家赎身啊！

叶知秋被张一丈玩了一把。

满天下尽是规矩，国有国法，家有家规，这世上唯独江湖是没有白纸黑字的规矩的，但叶知秋作为公差不得不蹚着黑白两道的浑水这么些年，他知道武林有一条不成文的铁律，叫作道义。

道义是触逆不得的。

叶知秋答应了张一丈照顾楚云君，他就必须照顾到底，不论他愿不愿意，不论张一丈是不是玩了他。否则传出去的只会是张一丈临死前把自己相好托付给叶知秋，叶知秋却嫌弃那女人是个卖笑的，甩袖子不管了。

叶知秋骨头向来硬挺，功夫也算一流，他什么都不怕，就怕天下悠悠众口的滔滔口诛。

他只好忍气吞声，砸锅卖铁，拼着一张薄脸皮东拼西凑地把楚云君给赎了。楚云君不愿意搬出住惯了的落英小院，叶知秋只好卖了自己的住处，把院子也买了下来。

楚云君可是个闭月羞花、沉鱼落雁，琴棋书画、歌舞诗词无所不会，且才貌双全的大摇钱树啊！她鸨母这辈子养老全指着她呢。

叶知秋也不是盏省油的灯，他把大理寺的名头都抬出来了，鸨母不卖人他就搅和得落英院三年开不了张！

等一个月过去事情都办下来，叶知秋背了一屁股债，重义气的名声倒是传开了，但此时叶知秋已经连喝了三顿粥，走路都跟水上漂似的，为了赎人，连自己准备娶媳妇的宅子也卖了，只好赖在落英院凑合。明明是他花了棺材本，现在倒成了他上楚云君的门要饭。

但也就是赎身的那晚上，楚云君彻底让叶知秋刮目相看。

那天晚上，楚云君对叶知秋说："你陪我一晚上，我告诉你张一丈是怎么死的。"

叶知秋两眼发黑：这话不应该是他对楚云君说的么？活见了个鬼！

楚云君的下一句话让叶知秋还没缓过来的眼睛又猛黑了一下。

她说："你不陪我也可以，那你就活不过今晚了。"

叶知秋只好叹气，心想女人真是世界上最难缠的动物。张一丈即便被他叶知秋擒住最后砍了头，临死前还能和他把酒言欢，这女人花光了他的钱，从了良，却开始打算为老情人报仇了。

“你要杀我不是不可以，”叶知秋疲惫地说，“但首先，你打不过我。第二，张一丈干的是无本的买卖，杀人越货，理应伏诛。你替他报仇，谁为被张一丈杀了的人报仇？”

楚云君点头：“没错，我是一点功夫也不会，打不过你。张一丈也的确死有余辜，但我还是要为他报仇。”

叶知秋几乎想哭了。

“但我不打算杀你，”楚云君继续说，“因为害死他的不是你。”

楚云君对叶知秋说：“害死他的，是我。”

楚云君说：“而我会继续害死你。如果你不想和张一丈一个下场，你最好陪我一晚上。”

3

一夜情

到底是风月场上的，楚云君的“陪一晚”，不是寻常的“陪一晚”。

那是让叶知秋终生难忘的一个夜晚。

已是深冬。

楚云君抽出簪发的银钗，取下灯罩，将烛火挑亮，又将银钗插回乌黑的发髻。她做起这些动作不紧不慢，嘴里说着话，那话说得也不疾不徐，稳稳的，那么平常似的吩咐丫鬟：“翠袖，你去把我那副云母双陆棋拿来。我和叶郎下棋，赢的人可以问输的人一个问题，输的人呢，不光要回答，还要脱一件衣裳。”

叶知秋只在五六岁时玩过双陆，那是女儿家才喜欢的玩意。

楚云君那副棋摆出来的时候，云母打磨出来的棋子在灯光下莹莹发亮，令叶知秋感到一阵轻忽的凉意浸入肌肤。

第一局叶知秋竟然赢了，然而楚云君优雅地褪下夹袄，似笑非笑的，居然输得分外合心意似的。“问罢。”她说。

“你为什么说张一丈是你害死的？”叶知秋问。

“因为认识我之前，张一丈每年来长安一趟，只去一个地方。”

楚云君说，“认识我以后，他不仅要去那个地方，还要来一趟落英院。但落英院——”楚云君一笑，“并不是他能来的地方。”

叶知秋感到迷雾重重，太原的地头蛇张强盗每年要来一趟长安？而落英院……张一丈为什么不能来落英院，那他叶知秋呢，够不够资格来这个不起眼的小院子？叶知秋当了八年太祝，对长安城就像自己的掌纹一样熟悉，但在认识张一丈前，并没有听说过落英院和楚云君的名字。

楚云君却只一笑："下棋。"

丫鬟把熏笼烧得旺旺的，室内热了起来。

叶知秋又赢了，颇有些得意。

“张一丈每年去什么地方？他为什么不能来落英院？”叶知秋问。

“这是两个问题。”

“那么……张一丈每年去什么地方？”

楚云君一笑，慢条斯理地脱下艳丽的朱标红刺绣罗衫，露出了极素净的柳花裙和浅鸦青的半臂，都是绛丝的，隐隐映出丰润莹白的胴体。她对叶知秋说：“你果然很笨。”

室内更热了。

叶知秋不明白楚云君的话，但能感觉到自己似乎挑错了问题。

楚云君倒是很守规矩，回答了叶知秋的话：“他每年要去一趟永安镖局。”

叶知秋眼皮一跳。

天下镖局十分地，西京永安占一厘——这是挂在长安永安镖局的一副毫不对仗的对联，却偏偏挂在进门最显眼的那一对门柱上。

长安城里家大业大的镖局约莫有十来家，其中独占天下镖局生意的一成、两成，甚至三成的也有，但五年前独占天下三成镖局生意的金鞭镖局打算兼并永安，两家镖局的龙头在城外杜陵碰了一面，从此就没有镖局敢打永安的主意了。

没人知道为什么。

永安镖局的程龙头回到镖局，叫人打了这么一副楹联在门柱上：天下镖局十分地，西京永安占一厘。

据说两家谈不拢之际，金鞭镖局的赵龙头皮笑肉不笑地挖苦了这么一句：金鞭镖局占了天下三成的生意，永安呢？我看，顶多占一厘罢？

五年前这个消息在江湖上传开时，有许多猜测，但却始终没有一个结果。那时候叶知秋想，也许师父知道，但师父什么也没对叶知秋说过。江湖上发生了这种水似乎很深的事，他只很形式化地对叶知秋说：你该干什么就干什么，对你来说就够了。

叶知秋觉得自己可能永远也无法了解师父，而师父本身也不希望和任何人有太深的牵扯。刚入门的时候叶知秋觉得师父对他很好，功夫和学识都教他，衣食住行全包办，但人越大，他越觉得其实师父谁也不在乎。也许仍然除了他叶知秋一个人——因为师父有九个徒弟，但退隐远游之际，只有叶知秋一个人悄悄地获得了师父的锦囊。

师父说：山穷水尽的时候用。

师父还说：不要惹事。我的九个徒弟里，只有你一个不能死。死了，我招魂也要把你招活过来。

永安镖局那一厘的生意，却是专门走去山西太原的，据说程龙头的老家就在太原，从长安到太原这条路，全天下就属永安走得最稳当。

但永安镖局在太原遇到了做无本生意的张一丈，据叶知秋了解，也没少吃亏。

张一丈竟然每年都去永安镖局？

天下有这样的强盗和这样的镖局么？一边打打杀杀，一边每年还亲热地走动？

“张一丈去永安镖局干什么？”叶知秋问。

“下棋。”楚云君却说。

这一局叶知秋却输了，他把皮袄甩到一边，心里猜测楚云君会问什么。其实他一点儿头绪也没有，但他知道楚云君的问题肯定不简单，说不定还很刁钻，说不定……她会用这个问题，要了叶知秋的命。

因为楚云君说过，她是一定要给张一丈报仇的，她还说过叶知秋很可能活不过今晚。

她不会武功，但她极其聪明。

她知道，作为半个江湖人，叶知秋不敢不讲义气，而义气里最重要的一点，是守承诺。

如果她问叶知秋——“你最不可告人的秘密是什么”，并以此要挟，怎么办？

或者她问——“这世界上有什么人的功夫高过你，又肯出手杀了你”。

或者她拿出早就准备好的道具——“叶知秋，我手里有两杯酒，一杯你喝了会死，一杯你喝了会浑身麻痹，你选哪一杯”。

这世界上不光是拳头和剑，一个好问题，也是可以杀人的。

人就是这样又重又贱，异常可怕，也异常脆弱。

楚云君轻启朱唇，她温热的体香一阵一阵地传进叶知秋的鼻腔，她问出了精心准备好的问题：“叶知秋，般若掌、幽冥钩和蜀门暗器，你会哪一样？”

叶知秋不明白为什么楚云君会问这样的问题，也不明白她这样的女人，怎么会知道这些？

般若掌是佛门功夫里最深奥的一项，江湖上精研此道的佛门弟子不超过五个；幽冥钩倒是他师父独创的一种偏门钩术，只传给了他大师兄秦抱鹤；蜀门暗器名扬天下，但从不外传。

“般若掌还算能比画两下。”叶知秋答道。

“好。”楚云君说，“我们继续下棋罢。”

在叶知秋发愣的当儿，这美丽的女人嫣然一笑：“不过，你要还是下得这么慢，就越来越快地——要死了。”

叶知秋没想到自己今晚大发利市，蒙头胡乱一通下，居然又赢了。

他的棋子长驱直入楚云君的营盘触底的一刹那，叶知秋感觉自己的嘴唇有点干，干且涩。于是他伸出舌头舔了舔嘴唇——嘴唇居然比舌头还要热——楚云君慢慢地脱下浅鸦青的半臂，现在，她浑身上下只剩了一条雪青的纱裙裹在胸前，暖融融的灯光下，她的嘴唇越发嫣红，胸脯却那样莹白、挺拔、丰满。

“你……”叶知秋的喉结动了动，“张一丈为什么不能来落英院？”

楚云君红唇张了张，这时更漏敲了三下——楚云君忽而一笑，伸手将簪发的两根钗子都抽了出来，乌黑的长发猛地活了似的垂落下来：“不下棋了。”

叶知秋望着她。

“来不及了，”楚云君起身走到床边，对叶知秋说，“你过来。”

叶知秋说：“你还没回答我的问题。”

“你死了，知道得再多又有什么用？”楚云君说。

“你说什么？”叶知秋问，下意识地瞥了一眼他挂在墙上的刀。

楚云君却似极享受将人玩弄于股掌中的快乐，笑得越发开心：“你不信我？”

“我只相信我的刀。”叶知秋说。

“但是我不会骗你，”楚云君说，声音又软又慢，“因为……我喜欢你。”

她说：“叶知秋，我喜欢你，到今天九年零七个月又二十一天了。”

在茫然与眩晕交错而成的一片黄晕中，叶知秋愣愣地被那美得令人油然而生一股锥刺般的戒心的女人带进了层层叠叠、温软馨香的床褥。黄晕还缭绕在眼前，师父的声音远远地闪现其中，他说：“知秋，你就是看着太笨了。……不过，这倒是你的长处。”

这一晚的确是叶知秋“陪”楚云君，因为叶知秋束手待毙地倒在床榻里侧，楚云君很不客气地压在他身上。这时叶知秋听见窗户纸极轻微地响了一声，似有什么小东西刺窗而入。

叶知秋本能地浑身警戒。

这时楚云君说："用般若掌，只用般若掌。"

她的声音竟也微微发颤——这一点胆怯反而让叶知秋放下心来，说明至少目前她和他是一伙的。

叶知秋揽住楚云君的腰肢，一侧身就把人换到了里侧，将被子堆在她身上做遮掩，同时两道掌风把室内的灯火都灭了，丫鬟翠袖吓得发出惊叫，叶知秋心中一凛，同时手心里却多了一样东西——楚云君把珍珠耳环放入他手中，咄的一声，叶知秋抛出耳环，掷中翠袖的昏睡穴，那小丫头便一声不吭地软到了地上。

伴着翠袖委顿在地的声音，同时传来极轻的"唰"的一声。声音从房门口传来，不等叶知秋仔细辨别，只听吱呀一声，晚饭后便闩死的门径自开了，灰蒙蒙的月光照在地上。叶知秋明白过来，刚才那一声是一样极薄的兵刃嵌进门缝，将木门闩切断所发出的。

月影中，叶知秋屏息等着，却不见人。

内外两边的人各怀鬼胎地僵持着。

叶知秋后背忽觉异样。

他背后是躺在里侧的楚云君，她打算干什么？

后背渗出一阵冷汗，叶知秋万分戒备地回过头，却见锦绣被褥蠕动着，缎面反射出冷光，接着一颗蓬乱的头颅从中露了出来——一张青面獠牙的脸！

这鬼面发出骇人的吼叫，獠牙翻凸的血盆大口大张着朝叶知秋扑来——叶知秋惊骇得浑身僵冷刺痛，几乎是凭着一丝硬榨出来的神志重重地点了自己的神门穴与印堂穴，同时咬破舌尖，接着一口气伸手对着面前的鬼面如法炮制，在血腥味弥漫在口腔里的时候，眼前的鬼面终于恢复为楚云君惊恐的面容。

定是方才有人捅破窗户纸吹进了迷魂药，看这药效很像是近几年江湖上走俏的舶来品——大食国的“神语香”。但叶知秋来不及告诉楚云君这些，脑后便一阵阴风掠过。此时顾不得什么分寸，何况这一晚上下来早就没了分寸——叶知秋揽住楚云君的肩膀，两人俯身避过，同时，叶知秋的般若掌出手了。

一掌推出，黑暗中，逼近床边的人影立即投来一枚介于匕首和短刀之间的暗器，却不是对着叶知秋，而是投向叶知秋身后的楚云君。叶知秋只道来人是冲着自己的，一时情急，忙撤掌还招，用般若掌第三式，以掌驭内力，震荡开暗器。

但叶知秋并不真的会般若掌，只不过能比画两下招式，他的内力仍是师父传授给他的“春潮生”，与般若掌相配的内力是佛门小无相功，这门内功讲求收放自如，需要极深厚的修为，而“春潮生”却攻大于守。如今，以春潮生配合般若掌，内力与外功路数不同，兼之对般若掌又生疏，叶知秋一时难免略有慌乱，只慢了一刹那，对手便欺近了床榻！

叶知秋急忙回身，这次运足了内力，双掌疾出拍向对方胸口——汹涌的力量从他手中迸发出来，恰如滔滔春潮生。

对手闷哼一声，急退数步又一记后翻才勉强抵消掌力，落地时身形晃了两晃。

叶知秋既使了别派的功夫，便索性变了声音，枯声道：“无量寿佛，贫僧与万刃山素无仇怨，施主这是为何？”

“和尚，我找你背后的女人，和你无关，”暗影中的人声音听着倒年轻，“你开荤我管不着，但劝你一句，不要找死。”

他功夫逊叶知秋一筹，但岳州万刃山却不是好惹的。万刃山在湘水之滨，荆楚民风悍勇，向来复仇心极强，有不死不休的传统，故而万刃山在江湖上虽只算是二流的门派，一般倒也没什么人敢招惹。荆楚之地素喜用毒、用蛊，山林丛莽的地势多，故而兵器习惯用小不用大，周转方便。叶知秋方才见他用薄刀断门闩，又用迷魂药，便判断是荆楚来客，等般若掌出手，见他双刀从腕底而出，奇的是长短不一，长的不过七八寸，短的甚至和手掌一样长，便知这是万刃山的绝技“鸾凤刀”，长刀为鸾，鸾为雌鸟，短刀倒为凤，是雄鸟。

一瞬间明白这些以后，叶知秋忍不住苦笑了一下：鸾凤刀在江湖上还有一个俗名，叫青红刀，一方面是鸾鸟又名青鸟，凤则火中涅槃而属红，但主要还是因为江湖上有句话叫“宁可青破门，不可红沾身”——哪怕被长的青刀刺中命门，也好过被短的红刀贴着皮肤碰上一碰。

那把看上去不怎么“雄”的雄刀上抹着见血封喉的万刃山独门毒药。那毒压根儿无解，楚人性格中的狠由此可见。

而叶知秋那不正宗的“般若掌”出掌的一瞬间，短而薄的“红”凤刀，已经在他食指上像蚊子叮那么轻的抹了一抹。

叶知秋悄悄点了食指穴位，阻止血液流通，又从衣服上撕下一条布紧紧缠住，但心下却一阵恻然：这根手指怕是要交代在今晚了，自己在楚云君身上真可谓是下足了“血”本。

对方见叶知秋迟迟不说话，当他胆怯，口气便缓了缓，道：“和尚，你让开。”

叶知秋正为自己的手指心痛，他本来也只算半个江湖人，官老爷脾气上来，一语不发跳下床便和万刃山的刺客打了起来！

那人功夫不如他，叶知秋又在气头上，不出二十招就废了他一条胳膊，正要一脚踢断对方胫骨，那人倒滑头，使了个虚招溜了，临走前丢下一句：“你走着瞧——”

叶知秋真想报上名号，请这龟孙明日上大理寺一聚！

回卧室点上灯，那一截手指头已经发黑了，楚云君一言不发地拿出创药，叶知秋看了一眼那没有字号、光溜溜一个小白玉瓶，没言语，这时楚云君见翠袖找不到没用过的细布，便干脆从箱子里拿出一摞白布，那是早就按尺寸裁得整整齐齐，预备过年做冬裙绲边用的白绫缎面，她却毫不怜惜地剪了一大截下来。

叶知秋凑着楚云君的手连闷了三大碗酒，翠袖从墙上取下刀，在烛火上仔细烤了，递过来。叶知秋闭了闭眼睛，手起刀落，一小节黑得腌萝卜似的手指头飞了出去，叶知秋大叫一声，汗一下子就湿透了中衣。

楚云君立刻给他上了药，包扎好。

叶知秋坐在席上喘气，口气相当不和善：“现在，你最好不要跟我打哑谜，一五一十地把你知道的都……”

话没说完，他被一个香软温热的怀抱拥进了无限的柔情里，一个吻落在他眉心。叶知秋听见那个美丽的女人说：“我喜欢了你九年零七个月又二十一天，今天晚上，你为我断了一根手指。叶知秋，你以后不能死了……”

怀抱中，叶知秋看不见楚云君的脸，只听她说：“否则，我就没有活路了。”

4

一串谜

叶知秋是师父的第九个徒弟，便得了个小名叫叶九。丢了手指头的第二天，叶知秋从落英院去大理寺，他大师兄秦抱鹤见了他笑说：“叶九，什么好事啊，红光满面的，捡着金元宝了？”

叶知秋说：“金元宝没见到，捡到个落难公主。”

秦抱鹤笑骂：“放你妈的屁！还想当驸马爷呢！”

叶知秋也不回嘴，搔搔头笑了。秦抱鹤的脸便僵了一僵：“九，你手怎么了？”

“给公主救驾赔进去的。”叶知秋说。

“滚，”秦抱鹤骂道，“正经问你话！”

叶知秋笑笑：“昨天去杜陵放鹰玩来着，没混熟，被鹰叼了一口。”

秦抱鹤将信将疑：“鹰呢？”

“就手摔死了。”叶知秋说。

“你也忒不小心了，多大个人，还这么毛躁？”秦抱鹤说。

“是，”叶知秋垂手道，“大师兄教训的是。”

秦抱鹤叹了一声："按说该放你的假歇两天，但你看——"

秦抱鹤把公文丢到叶知秋手里：雍州府报过来的案子，他们办不下去了才转到大理寺，说近日有凶犯文心和尚混入京城。文心和尚在金州那一带作恶多端，前后杀了二十八个人，他是江湖人，门路多且邪，官府抓不住他，竟被他溜进西京，上面吩咐下来要即日查办。今年农事丰收，龙心大悦，等过完年开了春，皇上春猎的人数要比往年多出一倍，出了岔子谁也没好果子吃。

叶知秋看着公文眼皮直跳：文心和尚，江湖上有名的妖僧，荤腥不忌，酒肉全沾，一手绝活——佛门最艰深难练的般若掌，别人要练七十年方可大成，他如今四十五岁，一出手已经无人能逃出生天。

叶知秋觉得心里一阵一阵地泛起空虚：怎么看都觉得这些资料意有所指——有人在追查昨天盘桓落英院的"花和尚"，怀疑到了各项特征都符合的文心身上。

远在楚地的二流江湖门派万刃山，能有这么大能耐，一道命令直接从京兆尹发到大理寺？

"叶九，你怎么了？"秦抱鹤问。

叶知秋摇摇头："我在想师父为什么不把幽冥钩传给我，害得我日思夜想。"

幽冥钩是师父单传给大师兄秦抱鹤的独门绝技。秦抱鹤闻言笑骂："断了手指头还这么有精神！你要是明天把文心的头颅放到我案上，我就把幽冥钩传给你，师父的责骂我担着！"

至此，叶知秋还是将这一丝玩笑带来的淡淡愉悦强留在心底，他甚至揣上这份公文，迈着轻快的脚步，去资料库抱了一堆文书打算回去写年报，直到他回到官署，看见案上那封信。

他叹了口气，心想：真是无可奈何……

有一瞬间，叶知秋真想把那封压在青玉镇纸下、簪着露水桃花的信拿给秦抱鹤看一看——“大师兄你看，文心这个和尚太邪性了。他竟然邀我一聚，说什么不带武器，咱们干脆来个瓮中捉鳖……”

要是一年前，叶知秋会这么干的，因为那时候天底下和他打断骨头连着筋的亲人，秦抱鹤算一个。

但昨天晚上，楚云君对他说：“最晚不出三天，就有人要走白道捉拿今天晚上在落英院留宿的人，不管什么事情，走白道都是最快的，而白道之中，天下断狱谁还能强过你们大理寺？知秋，你要提防那个把公文交到你手上的人。那个人和你，和张一丈都不一样，你们是误叩开我这小院的人，而那个人，一定对落英院了如指掌，也许，还打算一把火烧了这里。”

叶知秋看着秦抱鹤，他大他十岁，如今三十八岁，这是一个男人在仕途上最好的年纪，况且秦抱鹤有两房妻妾，一双儿女，正处在他一生中最丰满的段落里。他实在不太像一个阴谋家。

因此叶知秋忍不住问：“大师兄，这封公文是哪里来的？”

“雍州府啊。”秦抱鹤说。

叶知秋感到喉咙发涩：“直接……交到了你手上？”

秦抱鹤的目光难以觉察地变了一变，随即笑道：“怎么，还能直接交到你小子手上不成？”

叶知秋重重叹了一声：“昨天街上遇到雍州府的兵曹参军王暄，我反复叮嘱了那老小子，快过年了，把案子压一压么！我们又不是老母鸡，什么蛋都得替他们孵。我还打算年假里去洛阳看灯市呢！”

秦抱鹤这回是真笑起来：“看什么灯市！老老实实给我当差！有空的时候，你嫂子已经给你物色了几个好女孩子，你给我乖乖去相亲！”

叶知秋瘟头瘟脑地叹气：“唉，长兄如父……”

秦抱鹤也很委屈：“没办法，谁叫你长嫂如母老虎呢？”

兄弟俩插科打诨的时候，叶知秋却只觉得冷汗顺着后背缓慢而细密地渗出来：

楚云君昨天晚上的话简直像是特为今天、为秦抱鹤说的：“奸细不可能出在雍州府。雍州府办案有半年的限期，过了这限期才算疑难案件，方能转到大理寺。交接的同时要附处理过程，写明起止时限，以备查实。不到期限的案子须得刑部尚书、御史中丞与你们的当家人大理寺卿一起考量，凑齐了‘三司使’共签，才能转交，那样的大案子其实早在转来之前你们也会有耳闻。而你今天刚掀起风浪，明日雍州府就出签把案子甩将出来，若走的是‘三司共签’，那一道道关口他能摆平？他是皇太子不成？如果他横着胆子伪造案子的起止期限，硬把案子塞过来，你们大理寺里尽是棒槌，听凭他雍州府说什么就是什么，平白地给人抬轿子？”

“为什么告诉我这些？”昨晚，叶知秋曾问楚云君。

“因为……”楚云君偎过来，她的吻缠绵得令人下腹蹿火。

“我能感觉到，你很喜欢现在的这个太平时节，”楚云君说，“我不愿意毁了你喜欢的东西。”

她的声音像梦一样：“叶知秋，我喜欢你，你的义气——那是像天光落在地上一样直白又清楚的好东西。我不喜欢阴谋。要是有的选，我也想当个快意恩仇的江湖侠客……”

叶知秋觉得，楚云君说的也许竟是真的，毕竟每个人，都会有一些一辈子也实现不了的梦，而现实只会做一件事——把人无止境地拖入俗世的泥潭，越陷越深。

叶知秋想，如果没有那副双陆棋，说不定他真的就相信了那些话。

这也是叶知秋痛恨自己的地方：他始终只是半个江湖人。另一半叶知秋是个沾染了一身官僚气的公差，级别还很高，每年除了在大理寺走动，还常常被皇城金吾卫和同为九寺官署的卫尉寺借调，出入宫廷的机会很多，甚至在他还小的时候，就作为师父的关门弟子任性随行，从而出入禁苑。

城中好高髻，四方高一尺。城中好广眉，四方且牛额——权贵们的爱好，会自上而下地传入民间，得到疯狂的追捧，似乎这样也就做了一场“贵族式”的幻梦。譬如斗鸡、马球，还有宫里女人们最喜欢下的双陆棋。

叶知秋还是个屁大点的小娃娃时，经常被宫里穷极无聊的贵妇们叫去，陪她们下双陆来打发时间。年幼的叶知秋曾靠着把玩棋子，度过了许多个百无聊赖的下午。现在想起来，哪怕是市面上最昂贵的双陆棋，比起宫里的式样和做工，也存在着一条无法逾越的矜贵差距。

那是骨子里的倨傲。

如今，楚云君也就因为这一丝倨傲，而露出了马脚。

那副她钟爱的云母棋，叶知秋拈入手的一瞬间，就掂出了来路。

就像师父说的，叶知秋是个笨人，他面部表情不多，常常显得不那么机灵。因此那晚一直到和楚云君下完棋，叶知秋的脸上也还是什么都没显现出来，但他的心里已经有了很多想法，根据楚云君的年龄、样貌、谈吐之间流露出的那么一点情绪，叶知秋有了一个模糊的猜测。

这个想法有点吓着他，但他脸上还是什么都没显露出来。

况且他还不能够确定。

直到他削去手指头，楚云君拿出一瓶没有任何药铺或医馆落款的金疮药。在打开药瓶的一瞬间，叶知秋的心一下子跳得很快：药膏所特有的味道，和云母棋来自同一个地方。

叶知秋偶尔会从师父或者哪个师兄的手里得到这样一瓶“好东西”，金疮药对于他来说就像外出时兜里的银钱一样必要，宫里御制的金疮药，当然最好用。

叶知秋想起一个传言：当年二皇子，也就是如今的皇帝在玄武门外逼宫，杀死了隐太子，随后又将隐太子妃、几个侧妃和一串儿女都斩杀于东宫。当时独有隐太子妃生的小女儿因去外婆家过寒食节而逃过一劫。后来二皇子派人去斩草除根，将那不足四岁的小女孩杀了。

但坊间传言，小公主被奶娘用自己年岁相仿的女儿偷偷调了包。

这么多年来，叶知秋一直都觉得这是好事者的无稽之谈。当年二皇子逼皇上退位成太上皇，他一登基称帝，就对朝堂进行了一番颇有效率的清洗，随后他做起表面文章，追封当年的太子为息王，谥号为“隐”，大演兄弟之情。自此，他对隐太子一系的追杀也平息了下来。

叶知秋觉得，如果不是确信绝没有漏网之鱼，那个连自己兄弟都下得去手的皇帝，是不会结束铁血追杀的。

但楚云君打破了叶知秋的笃定。

不仅打破，还在他心里掀起了一场弥天大雾，使得本来清楚的事情变成一道道可疑的鬼影：楚云君莫非就是当年被调包的公主？她是如何瞒天过海活了下来？她打算干什么？

而对于叶知秋本人来说，更可恨的谜团在于：楚云君说为了他而不愿破坏眼下的太平，以她的身份，怎么可能？

如今看来，连由张一丈而认识了楚云君这件看似偶然的事，也深染了阴谋的气味，莫说楚云君，即便成了死狗的张一丈，也还与个永安镖局有秘密的关联。

叶知秋想，如果他不是被皇帝赐绯、赐鱼袋，任九品职而行五品事的大理寺太祝，楚云君是不是永远不会“喜欢”他？

但……她却又说喜欢了他“九年零七个月又二十一天”，叶知秋算了算，九年多前，正是他跟师父翻脸的时候，那时他死活不肯踏进大理寺的门槛，一心打算浪迹江湖，大师兄秦抱鹤还替他说情来着，陪他在师父房前连跪了两宿的雪地。

如今想来，那些明亮灼人的少年时光，竟杳如前世。

5

一口棺

年节还没到，秦抱鹤死了。

前一天他还催叶知秋办文心的案子，第二天落英院的门就被人拍得震天响，来人脸色比死人还白："大爷死了！"

秦抱鹤死在自己家里，死在他那一房妾室的床上。

叶知秋头天晚上还在想文心的鬼问题"什么是江湖"，想得眼袋都荡下来了，听到"大爷死了"一时有些发怔："哪个大爷？"

来人倒抽一口冷气："还……还有哪个大爷啊我的九爷，秦抱鹤秦大爷！"那人是秦抱鹤的长随庐生，说完哇的一声哭了，哭得太狠还呕了两声。

叶知秋眼前青光乱窜，声音虚浮："……怎么死的？"

这时楚云君从厢房里出来，她和叶知秋都是刚醒，眼下懒懒地由翠袖搀着，身上裹着毛茸茸的雪白狐裘："知秋，有你的信。"

"什么？"叶知秋茫然地回过头。

"你的信，"楚云君说，"有人放在我梳妆台上，刚起来时看见的。"她从袖子里抽出一只雪白信封，纤细手指间还拈着一朵桃花，隆冬天气里，花瓣上的露珠妖异地莹莹发亮。

叶知秋还没回过神来，他讷讷地对楚云君说："我大师兄死了。"

楚云君愣了愣。

然后她把桃花凑到鼻尖闻了闻："还香呢。"说着嫣然一笑，折身回房去了。

翠袖把信往叶知秋手里一塞："叶相公，不论有多忙，烦请相公今晚一定要回来吃饭，小姐有要紧的话跟你说。"说完匆匆跟上了楚云君。

叶知秋清醒了一点，问庐生："大师兄的死因是什么？报官了没有？家里现在是个什么境况？"

庐生哭得直打噎："四爷和七爷都来了，没……没让报官。"

"死因呢？"叶知秋问。

庐生哆嗦了一下，说出口的话像晴空里落下一道绝亮的霹雳："四爷说是……幽冥钩，几位爷里只有您老还在京城，所以让您也赶紧去。"

"你先回，我换身衣服就去！"

秦抱鹤的宅子里静得吓人。

好像不是死了他一个，而是被灭了门。

其实早前还是哭声一片，但凤四——四师兄那双阴惨惨的吊睛眼一瞪，便连树上的鸟也不敢叫了。

叶知秋始终觉得他们两人应该对调：凤四那副鬼见愁的长相在大理寺当个断狱的活阎王那叫可着头做帽子——正合适，那个无拘无束的江湖，应当留给他叶知秋去享受。

叶知秋到时，凤四正在后院。满眼的毛料披风与丝绸裙袄里，只有凤四裹着一身擦脚布一样的邋遢布衣。他魁梧的身躯佝偻着，脚踏矮凳，手提榔头，蓄着大络腮胡的嘴里衔着一把钉子，正以一种和他本人完全相反的细腻劲头，亲手为秦抱鹤打一副香樟木棺材。

秦抱鹤买下的这座老宅里原本有一棵两百龄以上的老香樟，此刻只剩了一个簇新的树墩子，一把锯子扔在地上。兄弟九人——莫说九人了，放眼江湖，能独自砍下这棵香樟爷爷，把树干锯成厚薄均匀的一摞棺材板，接着连歇都不歇就打起棺材的人，叶知秋九根手指头就能数过来，而其中还能将一把铁榔头使出花活，一溜钉子钉得比绣娘手里的针脚还匀称细密的，只有一个凤四。

于极粗中见极细，叶知秋想，凤四的确是天才。

这个天才当年在垃圾堆里和野狗抢食，被秦抱鹤捡来，跪着求师父收作了徒弟。

“幺儿，别扰他，让老四自己折腾去。”叶知秋正要上前和凤四打招呼，却被七师兄谢蓬莱拦住，“这里冷，我们去耳房说话。”

“大师兄的确是死于幽冥钩？”叶知秋问谢蓬莱。

谢蓬莱点头：“老四也看过了，他常在江湖走动，眼光比我凶。”

“七哥，”叶知秋踟蹰道，“你说……”

谢蓬莱摇头，把一根手指比在唇前：“别说。”

叶知秋闭了嘴，心里越发不是滋味。

两人沉默着对坐一会儿，谢蓬莱摇摇头：“我看不是。”

他这话一说，叶知秋才长长地出了一口气。

天下会幽冥钩的只有两个人：师父和大师兄秦抱鹤。如今大师兄死了，死于幽冥钩，这凶手是谁，叶知秋不敢细想，直等到谢蓬莱吐出这至关重要的“不是”二字，他才如释重负。

“若是别人模仿幽冥钩下的杀手，大师兄身上难道没找到什么疑点么？”叶知秋问。

“倒是有一个疑点，”谢蓬莱说，“但不在老大身上。老大后脖颈上那半寸长的三棱形血洞的确是幽冥钩才有的创痕。老四把手指头伸进去摸过，斜行往右的走势，利落地切进颈椎相接的软隙，钩住割断。老大左耳有血流出来，耳郭和附近的脸面淤紫发青，那都是幽冥钩的招数，为防止对手反抗，下钩前掌掴耳侧，力破鼓膜，使之神迷力衰。”

“那疑点是什么？”叶知秋问。

谢蓬莱不答，将叶知秋看了一阵，忽而一笑：“幺儿，有一阵没见，听说你终于不打光棍了？”

谢蓬莱虽然不在大理寺，但他的消息却比谁都灵通。他父亲是礼部员外郎，因此他早早便被录进了官宦子弟才有资格待选的千牛卫，是皇帝的贴身私人警卫，也是御用的情报署。

天底下的消息，夜鸮子那儿来得最快；谢蓬莱这儿，则来得最准。

谢蓬莱忽然岔开话题，叶知秋冷不丁有点尴尬，咳了一声：“也不算是。”

谢蓬莱道：“听说，是个绝色？”

虽则谢蓬莱向来没正经，但大师兄尸骨未寒，他心也忒大些。叶知秋正色道：“七哥——”

谢蓬莱摆摆手：“你和人相好我管不着，找一千一万个是你的本事。但朋友——可不能随便交，尤其是吃荤的和尚。”

叶知秋猛地一震。

谢蓬莱依旧不紧不慢，带着恻恻寒意地道：“咱们哥几个是打断骨头连着筋的，所以我向来不得不多操份心，替师父把大家的安危看顾起来。说实话，老大这一死着实出乎我意料，据我所知，他最近并没惹上什么麻烦。倒是咱们的小兄弟最近交了个爱杀人的和尚朋友。所以——”

谢蓬莱慢慢地抬起眼睛，平日里“幺儿长”“幺儿短”，和叶知秋最为亲密的师兄不见了，只留下皇帝私人情报署的密探，目光如鹰隼：“我收到消息，说文心和尚与你一起从老大宅里出来。那时我还琢磨说老大什么时候也被你带歪了。”

叶知秋叫道：“我最近没来过大师兄这儿！”

谢蓬莱眼中锐利的光芒渐渐淡去，一贯吊儿郎当的面目浮现出来：“我知道你没去。所以收到老大死讯的时候，我已经派人去捉何许人了。”

何许人，姓何名许人，江湖中的易容高手，同时是个生意人，谁出得起他开的高价，他就接谁的活。

叶知秋浑身发冷，嘶声道：“捉到没有？”

谢蓬莱嘴角浮现出冷冷的笑意：“你来之前刚得到消息，人是找到了——”

叶知秋感到胸口的血腾腾地流：“那——”

“和大师兄一样，凉的。”

血骤冷下去，冰冷且暴涨的怒意之中，叶知秋忽而想到手里竟还有一封文心的信。然而撕开信封后里面却没有信纸，叶知秋将信封抖了抖，一根细长的羽毛飘然坠地，羽毛大半是白色的，尾端微微发灰黑。

这是一根仙鹤的羽毛。

秦抱鹤。

哐当一声，在门房小厮的惊呼声中，一道人影像索命的流矢般破门而出，在雪地上留下一串很不明显的脚印，谢蓬莱与闻声而来的凤四追到门口，谢蓬莱望着那足印：“老四，这——你追得上么？”

凤四摇摇头：“叶九的轻功已经超过了师父。”

谢蓬莱怅然而叹：“我那时就说过，师父应当让那小子去闯江湖的。”

凤四仍是摇头：“师父是对的。让哥几个谁去，都不能让叶九去闯江湖。他不是这块料。”

“寿材打得怎么样了？”

“快好了。”

“打好了你就走罢，你在，人都不敢哭了。”

“打完以后我给大师兄上炷香就走。”

“哈，人都杀了，上香不怕老大还魂找你索命？”

“不怕，他应当的。”

“老大不死，说出去点什么，我们几十年的心血就有可能拔出萝卜带出泥，说不定满盘皆输。他实在是，不死不行呐！”

“那他也应当找我索命。”

“……戆头。”

凤四沉默下来，这时阴了多时的天渐渐下起了雪，过了一会儿，凤四问："叶九来之前，你跟我说文心问他什么问题来着？"

"什么是江湖。"

一句谎

6

叶知秋在北堂等文心出现，足足等了七天。这七天里，叶知秋吃住都在北堂，北堂也就七天没开张，老鸨宋二爷的脸都熬绿了。

七天以后文心出现了，叶知秋见他的第一句话是："今天我大师兄过头七。"

第二句话是出刀时一起说的："我要拿你的人头去祭他！"

"啊呀！我的花梨木八仙桌啊——"宋妈妈的一声尖叫拉开了两人死斗的序幕，偌大的明间里两道人影迅如闪电，和尚的海青上下翻飞，猎猎作响，叶知秋的唐刀刀光霍霍，杀意横生。

叶知秋轻功过人，拼尽全力追上文心，刀尖直挑文心后心右侧。文心肩膀侧过，使一个粘字诀，蹭着刀光滑过去，左掌从右腋底下传出，一招穿花拂柳——粘字诀与"穿花拂柳"都是江湖杂学，可见文心此人武学上也和他的性格一样百无禁忌。他使出穿花拂柳后内力一吐，紧接般若掌中一式——"无相灭度掌"，此掌取《金刚般若波罗蜜经》中佛告须菩提关于涅槃与灭度一段，意在于"看破虚相，则成诸佛"，因此这一式外在的招式很平常，简直如小孩打架一般，伸掌便推，但叶知秋却觉得一股浑厚内力像狮子开口一般吞没自己的刀刃，顺着手腕迅猛袭来！

叶知秋招式立变，在宋二爷一声凄厉的“老娘三百二十七两白银的顾长康真迹啊”中，刀变刺为撩，避开内力最劲处，一边运内力相抗，一边向文心和尚脖颈间抹去。

“无量寿佛，我并未杀你大师兄。”文心和尚一边说一边还招，两人刀掌相错，三百二十七两的顾长康真迹便成了漫天飘洒的“纸钱”。

紧接着是一整套岳窑宝相莲花纹青瓷套杯，掌风掠过，稀碎。

叶知秋对文心说：“何许人呢，也不是你杀的？你是吃斋念佛天底下最最无辜的一个得道高僧了？”

“无量寿佛，”文心说，“我的确也没杀何许人。”

“放屁！”叶知秋怒道，“那你给我寄鹤羽是为何？”

“无量寿佛，”文心说，“我最近未曾给你寄过任何东西。”

舞场一侧平时摆设着的一只鼍鼓，正经蒙的鳄鱼皮，被唐刀戳了个对穿。

“信带露水桃花，你还敢抵赖？”叶知秋说。

“以内力催生桃花开放，天下不会只有我一个人做得到。”文心说，“只是个癖好，不是凭证。”

一对岳窑平底实足青瓷美人瓶，被般若掌掌风撩动，摔了个满堂彩。

叶知秋唐刀刀尖对准文心喉头。

文心站定：“小叶，若我真是凶手，给你寄了鹤羽示威，如今却又为何矢口否认？”

叶知秋语塞。

文心捡起一张坐席，抖抖灰坐下来：“小叶，第一次见面我就跟你说过了，我不喜欢和人动手，太累。尤其是和你这样的好手。”

叶知秋不答也不动，他在想：如果那封信不是文心和尚给他的，会是谁给他的呢？

“你有什么仇家没有？”叶知秋问。

“江湖上多的是。”文心说。

叶知秋没奈何，转而问：“何许人和你去我大师兄府上又是怎么回事？”

文心说：“若我说是去救秦抱鹤的，你信么？”

叶知秋反问：“你怎么知道我大师兄有难？”

文心微微一笑，并不回答。龙有龙道，蛇有蛇道，没人愿意平白分享自己的人脉，叶知秋也无法强求。只听文心说：“我和秦抱鹤素无来往，得了信便约何许人扮作你混进去。去时却发现秦抱鹤已死，出来时粘上暗哨，过了一天，何许人便也死了。若不是为了周旋，我也不至于耽搁到现在才来见你。”

叶知秋说：“我却想起第一次见面时，你说要杀包括我在内的五个人，另外四个是谁？”

叶知秋早就向雍州府核实过，文心出现以来，西京并未发生过一宗命案。

文心用尾指指甲轻搔眉毛：“江湖上传闻我杀了二三十人，大理寺的命案卷宗里却可曾有过一桩人命案与我有牵扯？小叶，我杀的并不是人，是活着的鬼。说实在的，我也并不是杀人，不过是替阎罗王收一些不肯归入地府的孤魂野鬼罢了。”

叶知秋盯着和尚的脸，似是想从中看出这番话的真意。

文心却不容他多想，说：“或许以后有机会让你亲眼一看，虽然我并不希望有那么一天。小叶，比起化解你的猜忌，我倒有更重要的问题要问你：你想出问题的答案了？”

“什么？”

“我们约定的问题：什么是江湖。”文心说。

叶知秋说：“那等附庸风雅的游戏不玩也罢。倒不如我问问你，你到底是什么人？”

文心低头笑了一笑：“无量寿佛。我是什么人？我是个修佛法的出家人。”

叶知秋也笑了：这世道真有趣，和尚坐在妓院里谈佛法。

而且是侃侃而谈：“小叶，我曾立下宏愿，渡一切众生脱离苦海，我的所作所为，事事为此，时时为此，以证菩提心。”

叶知秋不由得茫然，这荤和尚竟说得跟真的似的，他倒不好公然冷笑出声。只听文心说：“我说的没有一句假话。你问我是什么人——我也正想问问你，把那封拟我手笔的假信交到你手里的，是什么人？你大师兄的头七祭台上，还空落落的罢？”

楚云君低下莹白的脖颈，细嗅桃花香气的一幕在叶知秋眼前一晃而过。

他曾对她说过文心和尚的奇异行径，那封簪着露水桃花的信。

而她交到他手里的那封信，除了桃花和白信封，里面并没有能够证明文心身份的半个字迹。

叶知秋觉得太阳穴突突跳起来，但他随即否定自己——不对，那朵桃花！三九天气，楚云君上哪里去弄一朵盛开的桃花来，她又没有功夫，即便有，以内力催发桃花也不是随便哪个江湖宵小能办到的。

刺痛的心绪稍稍平复下来，下一秒，却被更尖锐的痛苦攥住了——她低下了头！

那朵桃花始终握在楚云君手里，叶知秋并没有经手触摸过花瓣，到底是真花还是逼真的堆纱假花，他其实并不能确定，但楚云君低头嗅花香这个小动作，却使他下意识地认定这就是一朵开在隆冬的桃花！

叶知秋正要奔出北堂，却被宋二爷叉腰拦在门口，惨重的损失催生出了她的万丈霸气："总共四百三十九两银子，去零存整，四百四十两整。叶使君是官家人，别欺负我们老实做生意的小老百姓，赔钱！"

"赔钱！"

"赔钱！"

"赔钱！"

不知何时起，满北堂的莺莺燕燕都聚在了二楼勾栏处，那些平日里千娇百媚的女子柳眉倒竖，显示出风尘里讨生活挫磨出的那种泼辣与彪悍，同仇敌忾地讨伐楼下将她们的地盘毁坏成一片狼藉的混蛋——"赔钱，赔钱！"

叶知秋汗出如浆。

他和文心掏遍了身上所有口袋，总共凑出了八百多——铜板。

最后写了欠条，叶知秋一看宋二爷在欠条上还写了一天三钱银子的利息，腿肚子发抖，涎着脸以打扫“战场”为条件，好说歹说才把利息给抹了。

直干到深夜才打扫完，归置了笤帚与抹布，老鸨却还挡在门口。

叶知秋声音发颤：“宋二爷，我也得回家……”

“有人给你送了封信。”宋二爷说。

谢蓬莱从千牛府差人送来的，消息很简单：查过，人当年就死了，确定无疑。

在北堂这几日，叶知秋百无聊赖之间，曾传密信让谢蓬莱帮忙搜寻当年皇帝追杀隐太子小女儿一事，他想知道楚云君的身份到底是不是他想的那样。隐太子一事是皇帝的忌讳，叶知秋即便以大理寺的名义也无权翻看卷宗，这才想到托七师兄——千牛卫谢蓬莱。

叶知秋笃信，谢蓬莱的消息绝不会出错。

如此说来，当年逃过宫变修罗场的小公主最终没能逃过皇帝的斩草除根。

楚云君不是她。

那么云母棋与金疮药——就是为了冒充公主，特意让叶知秋看见的，并不是露出了马脚。

为什么？

她到底是谁，想干什么？

她为什么知道自己当年和公主的一番对话？

接近叶知秋，伪造文心的信笺预言了秦抱鹤的死亡——叶知秋不知道她是否也参与了杀害大师兄一事，原因又是什么。但无论如何，冒充隐太子的遗孤，肯定不打算安分。

“你很喜欢现在的这个太平时节，我不愿意毁了你喜欢的东西。”楚云君说过这样的话。

沉沉的怒意在叶知秋嘴里泛出阵阵苦涩：如果自己没那么愚蠢地轻信所谓的“喜欢”，他早就应该看清——她说的是反话，她所谋划的，正是要毁掉眼下的太平。这女人如此倨傲，甚至胆敢把最隐秘的丑恶阴谋如此堂而皇之地丢到他面前，包裹以情意的撩人纱衣。

叶知秋一脚踢开落英院的门扉。

平时吃饭的西厢房亮着灯，叶知秋依然踹门而入，楚云君守着一桌子菜肴坐在灯下，见了他先是微微蹙眉，然后才一笑：“七日未归——北堂比这里好么？当天你走之前我说晚上有话对你说，你却只当耳旁风，是笃定我不忍对你……”

叶知秋看着她的笑脸只觉万分厌恶：“如果你从现在开始对我说真话，我保证进了大理寺不对你用刑，让你舒舒服服去死。否则也不用进大理寺了，千牛府的私堂有些什么花样，我可说不好。”

楚云君的笑容凝固在脸上。

“我建议你从那封信和我大师兄的死因说起。”叶知秋说，“但我最近耐心很不好，我数到十。一，二——”

“我说。”楚云君叹了一声，吩咐早已吓呆的丫鬟，“翠袖，你出去，把门关上。”

温暖的灯火下，楚云君掠了掠鬓发：“从哪里说起好呢……不如，先说说我对你撒的第一个谎罢，”她歉然一笑，这歉意里也含着天生的妩媚，“说来也真是对不住你，我对你说的话里，竟然多半是谎话。”

叶知秋只是厌恶地冷觑着她装腔作势。

“这第一个谎……是说我喜欢了你九年零七个月又二十一天，”楚云君说，“实际上根本不是这样。”

她微微低下脸，涂着丹蔻的纤柔手指虚托着腮：

“知秋哥哥，你长大以后当将军还是当宰相？要不，你当千牛卫罢，这样我就能天天见到你了！”

“我才不稀罕那些！”

“那你稀罕什么？我叫皇爷爷都给你。”

“他？他也就能差使差使我师父，我要的，他可没有。”

“你要什么？”

“十步杀一人，千里不留行。事了拂衣去，深藏身与名。”

“李太白的《侠客行》……你要当个侠客？”

“嘘，嚷什么！我师父听到会揍人的！”

“哦哦……他为什么要揍你？”

“鬼知道。”

“知秋哥哥，我让皇爷爷封你当天下第一侠客！”

“噗——你傻死了。你家老头子可管不了这个，侠不侠客，江湖上说了才算。”

“江湖……是什么样的？很热闹么？”

“你要这么说也行，不过主要还是痛快。”

“那知秋哥哥，你什么时候去‘江湖’？”

"这哪说得定啊，怎么也得等我把'春潮生'的心法背熟罢！"

"那我怎么办？"

"什么怎么办？"

"你走得带上我！"

"带你？你能干什么？卖了换酒钱？……哎哎哎，你瘪什么嘴啊！哎哎哎，你怎么说哭就哭啊，别哭别哭，憋住！老子还不想挨师父板子呢！再哭我走了啊！……好好好，我带你，带你行不行啊！"

"拉钩！"

"好好好，拉钩……真晦气。"

楚云君像个得了癔症的疯子，梦呓般喃喃自语地说完这一篇话，当最后一个字化在澄澄灯晕中，她回过头，看着叶知秋："不是九年，知秋哥哥，是喜欢了十九年，到今天晚上，是九个月又十四天了。"

7

一念死

叶知秋坐在北堂后院三层画阁中的一间雅室里。

案几上并排放着两锭官银。

他今天不是来还欠债的，他今天只是一个普普通通、兴致还不错的嫖客。

摆在桌上的价码可以请得起北堂任意一位佳人，哪怕是北堂的两朵花魁——花如月和水似云——也不会推辞了，她们两人一个秾艳一个清丽，大部分人听到这两个名字，骨头便已经酥了半边。

在等待宋二爷亲自接待他这样出手阔气的嫖客时，叶知秋默默回味着楚云君昨晚对他说的话：

“皇帝已经查到了我，不仅如此，他也知道我明白自己已经暴露了，”楚云君指间把玩着一枚亮晶晶的云母棋子，“你看，这就像是一盘双陆，现在双方都知道了对手是谁，但却都不知道，自己的阵营里，有多少是对方布下的子，这才是定输赢的关键。”

“为了彻查奸细，皇帝不急着抓我，因为我只是个囮子，我的死活，对于隐太子遗党们的‘大业’没什么影响，顶多是我死了，他们得花功夫重新找个傀儡供起来而已。”楚云君盈盈笑着，“万刃山的刺客则是皇帝落的子，他想通过我这朵充门面的花，找出隐太子遗党的根。”

“但是你看，多有趣，”楚云君把棋子从左手换到右手，“皇帝在做局，我们也在做局，而且是借东风——皇帝以为从我们这里揪出了一个文心和尚，却不知被我们用文心和尚这个饵，钓出了一个秦抱鹤。结果呢，文心没被抓捕归案，秦抱鹤先死了。”

“暗杀我大师兄的是你们中哪一个？”叶知秋问。

楚云君摇头，珍珠耳环轻轻晃动：“我只是个囮子呀，知秋，许多事我并不知道。但要我说，用‘幽冥钩’杀人的确是高招。”

她说得不错，叶知秋想，这样一来，嫌疑人只有秦抱鹤和师父两人，前者正是死在自己的绝学之下，后者更不可能是杀手。

一来当日验尸的谢蓬莱和凤四已经否定了这一猜测，叶知秋相信这两位师兄的眼光，二来师父如果用“幽冥钩”杀秦抱鹤，无异于昭告天下他便是凶手，再者，以秦抱鹤与师父的感情，师父要他死，不需要动手，只消一句话大师兄就会自行了断。

“无论如何，你的大师兄因我而死，但我不会内疚。我们就是要一个一个地，把为皇帝追杀隐太子遗党的鹰犬，全都拔除。”

“知秋，”楚云君说，“恰恰是弃绝了恻隐之心和妇人之仁，我才苟活到今天。”

叶知秋想，这一句是她今晚第二次说出的真话。第一次是那一篇关于“知秋哥哥”和“江湖之约”的回忆，剩下的，仍然只是谎言。证据就在叶知秋的口袋里——那两片碎瓷片扎得他手心刺痛，但他还不打算拿出来。而真真假假之中，看到当年的小丫头变成如今这番模样，用真诚的面目向他讲出许多谎言，叶知秋便感到深深的怅然。

宋二爷堆出一脸笑殷勤地推门而入，花钱的是客，不管他是不是欠她钱，讨债斗狠那是以后的事。

宋二爷把现在有空的姑娘中符合叶知秋口味的挨个捋了一遍，见叶知秋毫不动心，看了一眼桌上的银子，才抛出花如月和水似云这两个诱人的名字，叶知秋的眼皮这时终于抬了一抬。

他问："宋二爷是哪里人？"

"老身么，老身是蜀地凤州人士，是个苦地方，"宋二爷脑瓜相当灵活，"叶使君可是京城姝色看得厌了，想换个别致的？不是老身奉承您老人家，最近也不知吹什么风，贵人们都是一样的想法，一时那什么巴蜀的呀，吴越的呀，走俏着呢！"

叶知秋听得频频点头。

宋二爷越发欢喜："老身斗胆给您老人家荐一个，北堂独一份的！三个月前刚来，大食国的女孩儿，金发碧眼，皮肤白得牛乳一样。和咱们中原姑娘比起来，虽说不会诗词歌赋，少了份高雅，但好些个恩客见了一回呀，连花如月和水似云都忘门槛外了呢！"

叶知秋点头。

宋二爷笑道："您看看？"

叶知秋摇头。

宋二爷疑惑道："这……"

叶知秋笑一笑："宋二爷，今天我想请你作陪。"

这真是前所未有的稀奇之事：宋二爷做了几十年欢场生意，手里送出去几百号姑娘，今天，她自己居然被人看中了。

雅室内，叶知秋说："只消一晚，这两锭银子都是你的。"

宋二爷生意场上打滚，还不至于怕一个大理寺的九品太祝。她立刻说出许多推诿的场面话，开了几个半真半假的玩笑，半真半假的狠话也撂了，揣摩下来，宋二爷却吃不透叶知秋了：他看上去，既不是来寻晦气，也不是来寻宋二爷的开心，他似乎是真心诚意地想买宋二爷的一晚上，而且并不觉得有什么不妥。

他似乎从宋二爷中年发福的阔腰里看出了某种情致，从宋二爷扑了三层粉也掩盖不住的黑黄脸色中，读出了青春消逝无踪的凋零之美。

桌上白晃晃的银子在向宋二爷招手。

钱财的馨香撩拨着她的心弦。

"啪——"宋二爷戴着三枚嵌宝点翠大金戒指的肉手在桌上响亮一拍，"敞开雕花床，招待十六方！老娘做的就是皮肉生意，哪有进门的财神往外送的道理。"

叶知秋拊掌："好气魄，我喜欢。"

"既是作陪，少不得要按着北堂的规矩来。北堂陪客讲究的是'情真意切，不得做作'这八字箴言。叶使君这厢要是不嫌弃，老身就他娘的失礼了则个！"宋二爷哗啦一掀裙摆，那八幅宽的大裙摆绿地团团绣了几十朵描金大红牡丹，紫绸绣金福字的粗绲边，在宋二爷手里一起一落，没有半点旖旎情致，只像兜头兜脸地泼了叶知秋一锅大酱。

叶知秋深吸几口气才缓过来，却见这穿裙的妇人大马金刀地墩屁股一坐，以叶知秋的耳力也听不太出来地板是否传出了令人牙酸的断裂声，只听宋二爷亮开嗓门吩咐守在门外的小厮："三喜——给这间厢房上酒菜，酒要我上个月刚进的翡翠屠苏，荤素菜搭配着上，少不得一个和合春盘，一个消熊栈鹿馅的玉尖面！快些，你这杀千刀的龟生子腿脚再不勤快，老娘出门就阉了你！"

只知道有"屠苏酒"，叶知秋还没听说过"翡翠屠苏"，不过想来也价值不菲，因为和合春盘与消熊栈鹿馅的玉尖面，以叶知秋的见识，是皇宫才有的菜肴。

门外一迭声的"是"，便听得屁滚尿流的下楼声，不一会儿，外面似乎比往常更热闹起来。

宋二爷拢拢鬓发，肥胖松弛的大脸盘对叶知秋嫣然一笑："老身不会那些雅趣，要不陪叶使君玩一会儿牌罢！"说着把手往桌上的银子摸去。

叶知秋忽然伸手扣住宋二爷手腕。

宋二爷一惊。

叶知秋微微一笑："我看看你的手。"

宋二爷心中大骂：杀千刀的龟生子，调戏你老娘！要不是看在银子面上……

叶知秋把宋二爷一双肉墩墩的黑黄手掌翻过来："宋二爷，你的财运线挺粗，怪不得发了大财。"不等宋二爷客套，他又说，"凤州就近即有蜀门可以学艺，宋二爷怎么就千里迢迢地去了荆楚岳州呢？"

他的手指扣在宋二爷手腕内侧一片茧子上。

宋二爷心中一惊，急收回手。叶知秋也不追，手掌在桌面上扫动灰尘般轻轻拂过，说："看来这两锭银子不能给你了，你倒看看这个认不认识？"衣袖过处，方才放银子的地方换作了两块碎青瓷，"二爷，昨天我与文心把你这地儿毁得一片狼藉，打扫的时候，我捡到这两片碎瓷，你帮我看看，这上面的落款是不是荆楚名窑'岳窑'？"

岳州万刃山刺客给叶知秋留下了很深的印象，因此打扫时瞥见地上这两片镌有"岳窑"落款的青瓷碎片，叶知秋便留了心，由此发现了一件事：北堂的瓷器摆件中，几样昂贵的大家伙都是来自岳窑。

当世有七大名窑，岳窑排第四，因窑址在湘阴，又称湘阴窑。

叶知秋的声音不咸不淡："我一开始不明白，北堂为何独爱岳窑。"

论品相，余姚的越窑同样出青瓷，出冰裂纹，品相相近，所以七大名窑中岳窑与越窑得以并列第四。而运到西京的路程上，越窑却比岳窑近三分之一，同品质的瓷器在西京的售价上，越窑要比岳窑的便宜。旁人独爱岳窑是有可能的，萝卜青菜各有所好，但以叶知秋对宋二爷的了解，此妇是个古往今来第一号铁母鸡，要不是开一家赚钱的妓院必须得下血本充门面，她很可能干脆捏两个泥巴痰盂当装饰。

"我想，答案也许是——唯独在宋二爷这里，湘阴窑比越窑或者其他能充门面的名瓷要便宜。"叶知秋说，"宋二爷在岳州一定是有不错的门路，还不能是光认识岳窑的哪个工头那么简单，毕竟当地的水路运输，六成由官府控制，四成由地头蛇控制。万刃山虽然在江湖上不过是个二流门派，据我所知，在岳州当地，还是说一不二的。”

而宋二爷手腕内侧的一层茧证实了他的猜想。万刃山的绝技鸾凤刀——或者说青红刀是典型的腕底刀，平时藏于双臂内侧，有活扣，使用时骤然滑出双腕。经年累月的使用过后，使用者双腕内侧便会磨损出一层很少见的茧子来。

恐怕正是为了避嫌，眼前这妇人才谎称自己是凤州人。

宋二爷面沉如水，一言不发。

叶知秋坐得久了腿发麻，干脆改成盘腿而坐，活动腿脚的时候他能感到插在靴筒里的短兵器硌了一下他的脚踝。他今天腰间没挎唐刀，一则显眼，二则室内动手不方便，因此他今天所携，是专门对付青红刀的小东西，用来割人手腕的解腕刀。

现在的局面有些怪异，叶知秋很镇定，但宋二爷和他一样镇定，在叶知秋换坐姿的当口，她甚至给他们两人都倒了一杯茶。

因此叶知秋决定再拖一拖时间。

他本不指望眼下能从宋二爷身上问出个子丑寅卯，人是一定要带回大理寺审问的。但北堂既是隐太子党的地盘，平时肯定有戒备。叶知秋手上没有确实的证据，又怕打草惊蛇，因此今日早些时候他已经知会了京兆尹，透给他们一些风声，北堂今晚或许会闹出些治安上的动静来。等估摸着京兆兵该按他给的时辰来了，他再动手，到那时北堂不敢轻举妄动，他抓人也安全。

喝了会儿茶，估摸着京兆兵快来了，叶知秋拿起茶壶与茶盏，一边给自己添茶，一边说：“我猜，我提‘楚云君’这个名字，你一定会说没听过。我就不自找没趣了。不过，有意思的是，隐太子的女儿当了倡优，万刃山的刺客闯进她的小院，而北堂的老鸨又和万刃山有干系。楚云君和北堂，到底是什么关联——”他毫无预兆地将茶壶砸在取暖的熏笼上，顿时茶水四溅，浇灭熏笼内烧炭的红光，同时另一手将茶盏捏成两半，咄地掷了出去！

室内两盏大灯瞬间被投灭，三道掌风紧随其后，又将一对烛台吹熄。

今夜天气比前几天更冷，天上无星也无月，灯烛一灭，室内昏黑一片，而叶知秋已经闭上眼睛，只凭耳力便伸手向前抓去——却扑了个空，这地方宋二爷当然比他熟，只听吱呀一声，房门铰链轻响，叶知秋纵身向门外追去，一踏出门，他心中陡然咯噔一下。

门外，三层楼的画阁，在这纸醉金迷的大好夜晚，竟没有一间房是亮的。

亦没有一道人影。

画阁二楼有镶满花格窗的复道通往北堂的大明间，此时，这条宽阔绮丽的通道上却一丝人声也没传过来，好像夜夜门庭若市的北堂，一下子人都死绝了。

只剩夜色。

叶知秋不知道，北堂并没有所谓的“翡翠屠苏”“和合春盘”与“消熊栈鹿的玉尖面”，当这三个词一起从宋二爷嘴里吐出来的时候，顷刻间，北堂的宾客便被赶送一空，灯火俱灭，缓缓露出另一重面目来。

叶知秋要是明白了这一点，或许还会有点受宠若惊：他一个人竟然逼得一座当世最阔气的妓院关门，最抠门的老鸨歇业，良辰美景奈何天，只招待他一条光棍。

可惜此时叶知秋不仅没有心情得意，反而有点心惊。

他在太原一人一刀面对张一丈强盗一十九人，也没有抖过一根汗毛。

叶知秋以前从未黑灯瞎火地俯瞰过北堂，如今看了一眼，只恨自己眼瞎。

偌大的北堂，活脱脱是一个八卦阵。

复道所连的正厅明间是“生门”，他所在的这间雅室，不偏不倚，正在“死门”中心。

这时居然有人唱歌。

一开始很轻，像那种趁着月色在河边濯洗衣裳的妇人所哼唱的小调，可惜今晚既没有月亮，北堂所在的平康里，也没有一条干净的河流。

这声音悠悠渺渺，似有似无，叶知秋吃不透这是不是某种秘术——他知道大食国有拜火教，似是修炼秘术，不然那些人的眼睛怎么会碧绿或碧蓝得像点着的鬼火，头发又烧枯了似的焦黄；而胡戎的突厥、薛延陀、回鹘也有秘不外传的奇术，这些异族异术好些都以歌声蛊惑人心，中原人称之为“魔音”。魔音大多能不战而屈人之兵。因此，叶知秋有些拿不准是否要封闭穴道。但在这样黑的夜里失去耳力，可不算什么高招。

这歌声却既不渐响，也不消失，叶知秋亦未觉出自己的心智出现变动，只是从西北方向慢慢地吹来一阵风。

叶知秋打了个喷嚏，想到自己贸然追出来，外衣都没来得及披上，不过此时回去拿——又不敢。

闭眼张嘴打过喷嚏之后，叶知秋并没有意识到，西北面那间房的房门口，无声无息地挂上了一只白纸灯笼。

八卦阵法考的是人心，心思动则天地改，这是当年师父最常说的一句话。他说所谓乾、坤、震、巽、坎、离、艮、兑八卦，意味着天、地、雷、风、水、火、山、泽，里面包括了组成这个世界的一切基础，八卦就是这人世的天地八方，古往今来。

师父的九个弟子中，早夭了二人，剩下七人中，八卦阵谢蓬莱学得最好，后来他选入千牛卫，为皇帝搜罗天下的一切秘密。叶知秋学得最差，自始至终，他心里只有一卦，叫江湖。

今晚换作谢蓬莱，早在西北风起的一瞬间他就会闭上双眼，踢碎东南向那间房的房门，不管那房内有什么，活的、死的、黏的、刺的、蠕动的、空中飘的鬼眼或地上游的两头蛇，他都不会理会，只管一头从窗户里跳出去。

而叶知秋一直要到那只白纸灯笼出现，灯笼里忽而点上了一支绿莹莹的蜡烛，才陡然心惊。他的应对之法却是武学而非八卦的那一套：以不变应万变。

总算没气死他师父的是，到这时，叶知秋终于后知后觉地感到了那阵西北风的怪异，也才想起师父曾苦口婆心地教过他：《吕氏春秋·有始篇》曾经曰过，西北曰厉风。然，何为厉风？知秋啊，为师叫你看书你到底看了没有啊？太史公不是在《史记》里曰过了么，不周风居西北，主杀生！

夜枭凄厉的叫声划破长空。

画阁共三层楼二十四间房，其中二十三间齐刷刷开启，门洞之中，白骨骷髅在地上颤颤爬动，蔓延的血污之中蝇蛆蠕蠕，鳞光闪闪的毒虫从死人七窍中爬出来，无主的坟头上鬼火莹莹发亮……

每一扇门背后都是一间地狱。

只有悬白纸灯笼的那间门紧闭着。

但叶知秋知道，那是死门所在，踏进去就会神志昏聩，陷入无穷的梦魇之中。师父说过，能闯死门者，只有两种人，刚落草的婴儿和垂死的老人，前者没有过去，后者没有未来，两者皆无所畏惧。其他的尘世中人，都会陷入各自的心魔无法解脱。

而那条饰有花格窗的复道已经不见了，也就是说，生门已经不见了，在阵形变换以后，它隐匿在二十三间房中，叶知秋没本事找到。

背后沉沉地一凉。

叶知秋骤然回头，却见楚云君拉着他："知秋，来！"

叶知秋心中微微一动，手一探抽出靴筒中的解腕刀，毫不犹豫朝楚云君背后扎去，哧的一声，这声音说不上实还是虚，楚云君定住了，慢慢回过头来——她脸上长满了斑斑蛇鳞，一双美目睁开，眼眶里却是两丸腥黄的竖眼——蛇瞳！

叶知秋抽回解腕刀，一脚将这东西踹入背后那间房，砰的一声巨响，那间房门关上了。

死门前的纸灯笼不知何时添到两盏。

西北风更盛了，呼啸的妖风中似喃喃有声，在低吼着：杀生，杀生！

昏黑中忽然响起整齐划一的尖厉声音，那是百来个妓女在同心协力地念白：

敞开雕花床！

招待十六方！

来的都是客！

笑贫不笑娼！

今夜甜如蜜！

明朝便相忘！

人一走，茶就凉！

人一走，茶就凉！

人一走……

哈哈哈哈哈……

叶知秋再没有听过比这更怨毒、更凄厉，却也更妖艳的声音，那不是呕心沥血向人诉苦的声音，而是要把人一起拖入地狱，在地狱里点起火来狂欢的声音。世界上有多少妓女，就有多少这样混杂了不甘、哀恸、凄烈、自轻自贱，却反过来更加自重自爱的声音，叶知秋不禁喃喃地跟着念了起来：“人一走，茶就凉……”不知为何，他竟深有所感，仿佛这声音不光来自娼妓，也来自这世上所有的不幸者，毋宁说，今夜，所有人都是娼妓，都是被这人间所调教、摧残、推挤与蹂躏的娼妓。

叶知秋心中油然而生一股莫名的恨意，仿佛想撕破这黑色的天幕，声嘶力竭地大喊：时日曷丧，予及汝皆亡——

这黑色人间，若能换你死灭，我愿与你同归于尽啊！

胸中恨意滔天，叶知秋手握解腕刀，颤抖着，忽然狠狠在胳膊上刺了一刀，顿时鲜血淋漓，神志却也勉强清醒了一些。他嘴唇哆嗦着自语：“我没有恨，那是她们的，和我无关。我是叶知秋，我不曾恨过什么，我不曾恨过什么……”

叶知秋悔恨当年没跟师父好好学八卦阵，想了想，咬牙朝那两盏纸灯笼冲去！

他打算的是，与其一扇门一扇门地闯，还要对付八卦阵中的诸多变幻，不如直闯死门，拼一记，说不定能九死一生、向死而生呢！

仿佛感应到叶知秋的悍勇，两盏纸灯笼中的绿色烛光骤然熄灭，灯笼无风自动，滴溜溜打起转来。

叶知秋冲到门前，飞身而上先割了这一对让人气闷的报丧灯笼，在脚下踩扁了，深吸一口气，抬脚便踹！

“小叶！”一只手腕拉住他，文心出现在他身旁。

叶知秋想也不想，举刀便刺，文心疾退，与他拆了两招：“小叶，我不是幻象！”

叶知秋攻势却越发凌厉，戾气十足：“那些鬼东西也他妈这么说来着！”

文心在栏杆边退无可退，挺身攻了一掌，道：“你清醒些！”

叶知秋嗤道：“我若清醒便看不见你！”

文心哑口无言，一时愣神险些被削去耳朵，他一面与叶知秋对战，一面苦想，道：“那我说一件我知你不知的事，如何？”

其实叶知秋心绪紧张了大半夜，已是强弩之末，巴不得文心是真的。不过他实在也怕眼前的还是这邪门的阵法搞的鬼，略一犹豫，停下手来："你说说看。"

轮到文心为难了。

他的确知道许多叶知秋所不知道的事，但其中哪一件，都不能说出口，尤其不能对叶知秋说出口。

他心中反复计较，精心修剪的指甲在眉毛上刮了又刮，过了好一会儿，才抬起头，也不知是对着叶知秋，还是眼前的八卦阵，抑或是操纵这阵法的人，无限忧郁地出了一口长气："无量寿佛，你真是害死我了。"

"还不说？"叶知秋心中打鼓，握着解腕刀的手蠢蠢欲动。

文心眼睛闭了又闭，眉心一点观音痣仿佛一粒即将落下的血珠，心中来回掂量仍是犹豫不决，最终扛不过叶知秋的催问，道："你见过宋二爷了罢？"

叶知秋提起此人便有怒意，幸好他的表情一向不丰富，只冷着脸道："癞蛤蟆似的一个老虔婆，见过了。"

文心苦笑道："她是我相好。"

叶知秋愣了好一会儿，他想，这要是幻象，自己的神志大约已经丧心病狂了。

文心的秃脑门泛着青光："小叶，现在你信了我么？"

这世界上总有一些消息会让人一下子忘记身在何处。

叶知秋不知道此时自己一副正经面孔下的声音有多猥琐，他问："文心，你说的是真的？你说的……是宋二爷？"

文心罕见地现出一丝不耐烦：“你还想不想活着出去？”

“想呗。”叶知秋的回答里多少有些惋惜。

文心向他伸出手来：“你现在闭眼屏气，自封耳门、听宫、听会三穴，闭塞听力。抓住我的手，一会儿不管你觉得我的手变成什么，都不要放，直到我帮你解开耳穴。”

叶知秋意外道：“你要带我闯死门？”

“不然能如何，”文心说，“我又不会解八卦阵。”

叶知秋呜呼哀哉。

“我一个出家人过死门，总比你这等满心秽念的俗人要好。”文心说。

叶知秋绝倒：这和尚居然大言不惭地说他满心秽念！

他要是佛祖，就一道炸雷把这个荤和尚劈入六道轮回，好好改造，重新做人——跟一只老癞蛤蟆相好，什么眼光！

8

一片雪

那道死门，叶知秋原本打算豪情万丈地一脚踹开，现在被文心斯斯文文地推开了。

没有骷髅也没有毒虫，和其他那些门不同，死门之内什么也没有。

像是意味着死去万事空。

文心用眼神示意，叶知秋握住他的手，进入不见、不闻、不吐纳的状态。

在此之前，文心问他："灭定业咒你会不会背？"

叶知秋摇头，所有的咒里他只会一句"急急如律令"。

文心眼睛闭了闭："那是道教的呼名法术。"轻声一叹，道，"灭定业咒是地藏菩萨法身印咒，可粉碎一切罪业。这样罢，一会儿你心里什么也不要想，只念地藏菩萨的圣号——南无大愿地藏王菩萨。"

文心带着叶知秋往前走，不知是否心念作祟，尽管闭目塞听，叶知秋还是感到一瞬间黑暗加身，预想中的冰冷没有到来，反而一霎温暖如春。

这暖融融的惬意感受中，只有文心的手是冰冷的。

就好像繁花如锦的红尘里，叶知秋所拥有的只是一握冰冷。

而叶知秋一向是个快活的人，尽管幼年失怙，但他在记事之前就被师父收养，前面又有八个师兄罩着他。师父对师兄们都严厉得要命，唯独面对这个拖油瓶的关门弟子却每每发作不起来。这也是人之常情，师父给他取名叶知秋，想必也是感慨岁月不饶人，人老了，容易心软。

这个人世待叶知秋不薄了，所以他不仅不恨它，还万分热爱，爱得一心想去人更多、更热闹、更胡闹的江湖。

叶知秋一边念叨“南无大愿地藏王菩萨”，一边琢磨：文心的手凉说明这和尚气虚，回头嘱咐他多吃点猪大肠炖枸杞。

但这冰凉，已经从文心的手一直蔓延到叶知秋的整条胳膊，叶知秋略感不妙，想到文心的叮嘱，手指动了动，终究没松开——但再握紧的时候，文心的手却变了。

变成一条冰凉软腻的活物，在叶知秋手中缓缓蠕动。

叶知秋悚然想到，自己对文心的信任其实是种轻信。

文心是杀人如麻的逃犯，和妓院老鸨谈情的妖僧，也是平白无故出现在今晚八卦阵中的不速之客。

他说他不会八卦阵，所以带自己从死门中求生。

但——这和尚真的不会八卦阵么?

南无大愿地藏王菩萨——叶知秋的冷汗刷地便出透了，他发现自己正跟着一个压根儿不知道底细的人闯生死之地，而在这个人的建议下，他愚蠢地自愿成为一个瞎子、聋子，甚至还憋着气!

但叶知秋不敢睁开眼，他不确定自己的判断：该死！文心到底是什么人！到底……能不能相信？！

“叶知秋，般若掌、幽冥钩和蜀门暗器，你会哪一样？”这个楚云君曾用来问叶知秋的问题猛地在脑海闪现，像一记重锤砸得叶知秋眼前金星乱冒。

要摸清叶知秋会什么并不容易，但要猜他不会什么——蜀门门规森严，绝不外传；幽冥钩是师父独创，秦抱鹤早年行走江湖，追缉难案，幽冥钩便随之名声大震，都知道这是秦抱鹤的绝学；而佛门般若掌的武谱却是公开的，天下大半寺庙都有，只因般若掌的难点不在招式，而在配合招式的心法小无相功，小无相功才是佛门不传之秘。

楚云君说，皇帝在做局，隐太子党也在做局。

楚云君让叶知秋扮作文心，以此做饵蒙骗万刃山的刺客，说明文心是皇帝的眼线，隐太子遗党要行反间计。

但文心既然给皇帝办事，隐太子遗党也知道他的身份，他与宋二爷又如何能是“相好”？

叶知秋脚下蓦地一软。似是踏入了沼泽，冰冷的湿泥很快溢到胸口，令人喘不过气来，而文心的手所化的蠕动物则攀着叶知秋的胳膊，不知不觉竟缠到了腰间。

南无大愿地藏王菩萨……

腰间骤然刺痛——尽管知道是幻觉，痛楚却很真切，冷汗涔涔而下，叶知秋感到那蠕动物骤然间竟冒出无数尖牙，盘在他腰间撕咬咀嚼，这非人的痛楚中，张一丈头颅弹出，血涌如泉的死状出现在脑海之中，叶知秋近十年所捕杀之重犯被问刑或杀死的恐怖景象在脑海中轮番上涌。

沼泽还在吞没他的身体，叶知秋不知道自己是否正跟着文心往前走。

甚至不知道文心还在不在。

令人痛苦或不快的记忆片段在头脑中疯狗般乱撞乱吠，许多片段甚至是他早已忘却了的。

这回忆的地狱中，叶知秋看到了一幕完全陌生的景象：

年幼的他躺在床上，似在睡觉，青色的蚊帐外立着一道模糊的人影，这人念咒一样对他反复说道：“去江湖罢，不要留在朝堂。去江湖罢……”

场景瞬息即变，他似乎长大了一些，身量有了少年人抽条的模样，这次人影没有出现，他的床紧贴南墙，墙上的窗关着，从窗外传来低低的声音：“你喜欢江湖，长大就去江湖闯荡罢……”

而少年的叶知秋在睡梦中翻了个身，无意识地“嗯”了一声，过了一会儿，发出含糊的呓语：“去江湖……”

这种被人下蛊般的阴森场景有好几个，对此叶知秋一无所知。他不知道这个人到底是谁，他出现在他身边，别说叶知秋或者身手不凡的师兄们，连师父看样子都未曾察觉。

叶知秋觉得体内有一座曾经坚固的银色高塔正轰然崩毁，使得他惬意了二十八年的人生成了一个森冷的笑话：他以为他向往江湖，是他秉性所向，志趣所在，是他叶知秋自己的选择。

没想到，他竟然早就被人下了心蛊，他的整个人生，都是某个人布好的一个局。

沼泽终于吞没叶知秋的头顶。

腥臭泥浆的倒灌中，叶知秋像死了一样无知无觉，不知过了多久，他的百会穴被人猛拍了一掌，一股醇厚内力注入，解了耳上穴道——长安夜市的繁华声响涌入耳际。

叶知秋睁开眼，发现自己跪在地上，身体完好无损。

他所在的仍是北堂雕梁画栋的画阁，此时却灯火通明，宋二爷站在二楼复道上，身后站了北堂所有的娼妓，她们同宋二爷一样面无表情。

天上不知何时下起了纷纷大雪。

文心站在叶知秋身前，他的海青划破了，一只袖子没了，露出胳膊来，肩胛骨上一道深长的大口子，血顺着胳膊，一直滴落到地上。

文心对宋二爷说："雪娘，你不要为难小叶。"

顿了顿，说："也不要打他的主意。"

"叶知秋是我的人，"文心说，"你不要用八卦阵灭他心智，把人做成行尸走肉的傀儡。他师父知道了，不会放过你。楚姑娘也会恨你。"

宋二爷不答话。

文心说："现在我要带他走了。"

他扶起叶知秋，向复道走去，宋二爷凝立半晌，终于让开路。文心经过她时，从怀里掏出一个素雅的小布包："七夕那日答应你的小物件，我从宫里尚工局托人找到了，你收着罢。"

宋二爷掀起布角看了一看，叶知秋瞥见那是一枚老旧的小铜镜，已反射不出光线了，宋二爷却包好了，珍而重之地放入怀中。

抬头看文心时，面色柔和了一些：“多谢。”

文心轻轻拍拍她的手，带着叶知秋往外走。

叶知秋却陡然伸手朝宋二爷面上抓去！

这一下变故着实出人意料，文心与宋二爷均反应不及，在妓女们的惊呼声中，叶知秋已从宋二爷脸上抓下一张半透明的面皮来，方才宋二爷低头的一瞬间，叶知秋便看出她耳根的皮肤有异样。

见到面皮后的真容，叶知秋不禁一愣：额上一道长疤，这宋二爷，竟然就是楚云君的“妈妈”，叶知秋当日为赎楚云君，还和这老虔婆大吵过几架！

文心却抓住了他的手：“小叶，我们该走了！”说着硬是将叶知秋拖出了北堂，出门后，文心厉声道，“小叶，我不许雪娘利用你，但你若伤她，我也不会答应。”

叶知秋问：“她为何要利用我？”

“她有她的道理，”文心说，“小叶，你别问了，你知道得越多，对你来说越危险。”

叶知秋正欲说话，文心却摆手道：“好了，折腾这大半夜，我也累够了。你回去罢，我约了人明天赏梅喝酒，你的事一打岔，酒都没落下工夫去偷。你不要耽误我的正事。”

这时北堂已再度开门迎客——钱还是要赚的。宋二爷已赶了几个漂亮姑娘倚在门口揽客，文心走过去，问她们讨了一条手帕扎住肩上伤口，又蹭了一口酒，然后光着臂膀，披着破破烂烂又单薄的海青，慢慢走进了漫天大雪之中。

他的光头映着北堂的灯火，锃亮。

“喂——和尚。”叶知秋扬声道。

喊完，他沉默了一会儿，声音才又响起：“你应该早告诉我你约了人赏梅喝酒。”

雪幕中，一枝馨香的蜡梅挑着一坛未开封的新丰酒破空而来，文心海青袍袖一挥，将酒坛纳入怀中。

“这是今晚的谢礼。”叶知秋说，宋二爷撵着他后脚跟出来，站在大街上叉了腰，破口大骂叶知秋这个“杀千刀”的偷酒贼。

叶知秋笑嘻嘻地把大理寺的腰牌在老虔婆面前晃了晃：“够了啊，再骂我把花如月和水似云全打包送给和尚，让他明天和梅花一起赏了。罪名？哎哟喂，老子今天花了两锭官银，你这老东西倒好，居然自己来陪我，就这还不够你关张大吉的？”

文心的声音传来：“行了，小叶，不要为难雪娘。”

叶知秋收回腰牌：“我猜，北堂立柱上的答案里也许有我今天给你的花和酒？”

文心曾问：什么是江湖？

救命之恩杯酒相抵，不共戴天的仇人在大雪中神气活现地互相问候祖宗，和尚和老鸨花前月下，海誓山盟。

琴棋书画诗酒花，生死之外，都是大事。

也许这就是江湖？

“有点近了，”文心的声音里含了一丝笑意，“但还不是。”

“文心，是谁叫你来救我的？”叶知秋问。

“晚安，小叶。”

雪幕之中，万物寂寂。

9

叶知秋还没叩响落英院的门环，门便呼啦一声开了，翠袖在门口叫道："小姐，叶相公回来了！"

叶知秋被翠袖小跑着拉进第二进院落，已过子夜，楚云君的卧房却仍亮着灯，叶知秋心中乱哄哄，不知该不该过去，也不知道自己愿不愿意过去，踌躇间，却见那灯下的人影探出身去将蜡烛吹熄了。

叶知秋愣了愣，心说这样也好，转身回房，却听吱呀一声，身后的门开了。

"明天我要去一趟永安镖局，至于去干什么，你若不想听我编谎话，就随我一起去。"

叶知秋回过身，那门却又阖死了。

黑漆漆的房内再度点上了灯，楚云君落落大方地在灯下由丫鬟服侍着宽衣解带，剪影身段窈窕，动作不疾不徐，她仿佛知道叶知秋还没走，说道："当然，我也有可能还是在打什么如意算盘，你最好不要信我。"她的声音初听极妩媚，细品之下又丝丝冷淡。

叶知秋回到房中，在桌上发现了一张粉红撒银的桃花笺，写着寥寥几句：

文心是我叫去的，他与宋二爷相熟，我便认识了他。

落款“楚云君”。

翌日天一亮，永安镖局就接了一趟绝早的开门生意。

永安镖局大门常年关闭，只有进出镖车才开，这是镖行的规矩，一来显示郑重，二是图个吉利。在大门两边有两扇平时用来进出的角门，镖行的学徒便守在角门的小窗口边，一般托镖，都由学徒从窗口里问清镖货数目、价值、启程日期、上门取货还是自行送来，登记清楚付了订金即可，只有大宗生意才会请入镖局详谈。但今日来的两位客人中有一位姿容绝美的女客，虽只托一匣首饰，但佳人笑吟吟的两三句话，小学徒便乐颠颠地说：“一匣子首饰的确是有些贵重，您稍等片刻，我去问问账房是不是请您进去估个价。”

不一会儿，角门便开了，小学徒一脸得色地将二人让进门，楚云君从鬓发上摘下一朵新鲜的蜡梅，“承情啦。”她微微笑着，手一松，小花儿轻轻落入小学徒手心。

小学徒合拢手掌，使劲嗅了嗅，冷香扑鼻。

他二人迈过门槛，走了没两步，只听响亮的哐当一声，角门关上了，小学徒从窗口处不知向谁在说：“对不住，今天歇业，请明日再来罢！”

叶知秋回过头，看见紧锁的门前站了四个大汉，其中一人手执一对大铜锤，两人握的板斧，还有一人手里提着把鬼头刀。这四人一看就是练家子，均是一脸横肉，腊月天气里，光身披一件皮袄，敞着怀。

楚云君却仿佛无知无觉，只管往镖局明间款款行去。

叶知秋心说：姑奶奶，你千万别是信任我功夫好，才如此淡定。

除那四尊门神外，永安镖局程龙头黑着脸坐在正厅深处主坐上，他两边各站了六人，叶知秋只扫一眼，便知镖局这是早有准备，“四大天王”“八大金刚”都在，那阵仗是要短平快地超度他们二人去西天极乐。

叶知秋琢磨着是不是向前一步，把楚云君护在身后为宜，但一想背后站着四尊门神，前有狼后有虎，站哪儿也没多大区别，不如看楚云君这票大的要玩什么花活，正计较着，却听程龙头省了一切客套，劈头盖脸一句话，像是铁砧砸在地上那么生硬：“说罢，什么条件！”

怪就怪在，程龙头这句话是向叶知秋说的。

叶知秋眼下不是装傻，是真傻了：“什么？”

程龙头怒道：“谈你的条件！”

叶知秋小心地觑了一眼程龙头的脸色，只得老实答道：“鄙人从小是个孤儿。前一阵刚给朋友的相好脱了籍，花光了毕生积蓄与一处小房产，因此目前无父无母，无房无钱。职位么，是大理寺的太祝，正九品上，干了九年多也没能升上去。程龙头，我的条件……实在是不太好哇！”

程龙头猛地一拍坐席：“少给我扯皮！”

坐席没事，但一道半指宽的裂缝，从席下的地面啪啦啪啦生出来，一直开到叶知秋脚尖方停。

这一手隔山打牛，力道拿捏堪称神技。

叶知秋十分委屈："程龙头，实在冤枉。我今天不过是陪着这位楚姑娘来托付她的一匣首饰，却何时与贵镖局结下过梁子？"

程龙头说："叶知秋，我与你打开天窗说亮话，你却和我打迷踪拳，大家一个江湖里划水，可不能不厚道。"

叶知秋心中讶然："程龙头好眼力。"他方才刻意隐瞒了自己姓名，眼下又未交手，实在不知道程龙头是如何看穿了自己身份。

程龙头冷笑一声："张一丈死在你手里之后，我想不认识你都难！"

叶知秋笑道："不敢当不敢当，食君之禄，忠君之事，都是我应当应分的。张一丈为祸一方，我作为大理寺太祝……"

背后劲风扫过，叶知秋倏地回身，只见一条十三节的竹节钢鞭绷得笔直，直往自己肩头劈来，使鞭的是个精瘦的中年人，一双瘆人的三白眼，乃是八大金刚中的"鞭鬼"陈峙，听闻此人性子在八人中最急，故而不等叶知秋说完话，甚至也等不及程龙头发话，他就忍不住出手了。

叶知秋撤身急退，同时抽刀格挡，唐刀与钢鞭叮地碰到一起，交错间竟火星四溅。叶知秋暗中咋舌，心说这一鞭子的力道果真老辣，鞭鬼的惊骇却还在他之上，他早听说叶知秋挺有两下子，没想到这小子表面上看着浮躁，内力竟然这样充沛——内家修为心不静可练不成，故而江湖上越是内功大家，看起来越是平淡冲和，不显山露水。

程龙头喝道："陈峙，退下！"

鞭鬼咬牙，不仅不停，手腕一翻，那钢鞭便朝唐刀翻卷上来，叶知秋边与他拆招边讶然道：“鄙人差点儿赔上性命，才将张一丈拿下。贵镖局不感谢也就算了，还背后出手暗算人，这谢礼也忒别致了些罢？难道是嫌张强盗判得不够重，找鄙人撒气？”

“放你妈的屁！”鞭鬼陡然下了死手，不仅如此，又有一杆长枪朝叶知秋腰间斜刺而来，此人居八大金刚之首，有个绰号叫“枪王”。枪王一动，顷刻又有二人叫骂着随他加入战局。一时叶知秋四面楚歌。但他反而不复方才的猥琐怯懦之态，大理寺统一配备的普普通通的唐刀左一劈，右一撩，几个回合下来竟不落下风。

叶知秋道：“这我倒不懂了，哪有强盗伏法，被抢的人倒替他报仇的？”说话间，唐刀刀光闪烁，虚晃一招，鞭鬼扬鞭格挡时却不防下盘虚空，被叶知秋踢出一个大跟头。

“不过，”叶知秋说，“听说张一丈每年必来贵镖局拜会，总不能是把抢走的镖货再还回来罢！”说话间陡然从面前一剑一棒二人中钻出，将刀抛向空中，内力提足，啪啪两掌拍在那二人背上，枪王反应甚快，已挺枪补上，却不料叶知秋飞身跃起，在枪头借力一个极洒落的空翻，落在枪王身侧，唐刀恰落入手中，雪亮的刀刃眨眼架在了枪王的脖子上。

程龙头向前跨了一步，一只手虚抓在身侧，将动未动。

叶知秋神定气闲地说：“诸位，四打一还打得这么难看，咱们还是坐下来心平气和地说两句人话罢？”

叶知秋在赌：刚才那一场混战，他已经把看家的本事全拿出来了，勉强靠着轻功行险得手。别看他表面上轻松，若真打起来，堂上的十二人加上程龙头，绝对能抡圆了照着他随便揍。

“没想到……”程龙头神色不定，“荀深吾竟然把‘春潮生’传了你十成十，他如此悉心点拨你轻功，你的轻功……已经超过他了。”

“你认识我师父？”叶知秋大感意外。

程龙头冷笑一声：“‘莫愁前路无知己，天下谁人不识君’，这副字，他还挂在书房罢？”

“你怎么知道……”

“哼，这副字是我写的，我能不知道？”

这副字叶知秋记事起就一直挂在师父书房，但没想到，竟然是永安镖局程龙头写的。叶知秋不禁想起“天下镖局三分地，西京永安占一厘”这件江湖旧闻。当年，是什么原因导致家大业大的金鞭镖局想兼并小小的永安而不得呢？这个程龙头到底是个什么来头？

该死，叶知秋感到一阵恼怒，自从张一丈伏法以来，他遇到的每一个人，都带有无穷无尽的秘密，看上去明净的窗户纸，捅破了屋里却黑漆漆的不见底，这感觉真令人作呕。

“不过……”程龙头悠悠地说，“我写这副字可不是为了送给他。”

程龙头望着叶知秋，脸上的表情实在叫人琢磨不透：“那副字，我是送给你的。”

“是给你的周岁贺礼。”

“倒也不是我自己想送你，”程龙头说，“是有人托我送你这么一份礼物。”

“谁？”

程龙头一笑：“去问你师父——如果，你今天走得出我这扇门的话。”

程龙头的语气变得有点刻意的语重心长，这也令人作呕，他说：“叶知秋，我已经给过你机会谈条件，你自己装傻充愣，现在你想好好和我谈谈了么？”

“东西不在他手上。”楚云君说。

方才乱战时，她像事不关己一般，不慌不忙地寻了一处清净的角落躲避，眼下，她裙裾摇曳，从阴影中走出来。满地的武夫之中，她身段轻盈，容色绝艳，像风催浪紧的黑水湖面上，一茎兀自摇荡的红莲。

叶知秋的心意外地静了下来。

就是在这身心宁静的一刹那，他注意到永安镖局正堂后一挂棉帘子挡着一扇小门，估计后面是个平日里暂时休息用的耳房。程龙头坐席后面围着一扇山水屏风，那挂棉帘就在屏风一侧，帘子隐蔽地掀起一条很小的缝，露出一只眼睛。

一只看起来很熟悉的，阴惨惨的吊睛眼。

凤四？！

这时鞭鬼对楚云君喝出声：“闭嘴，娘儿们！别以为我们不知道你是谁！要不是看在张一丈的面子上，老子一巴掌就……”叶知秋出手如电，刀柄重重点上他的哑穴。

“我认为谈谈的意思是不包括骂娘。”叶知秋说。

程龙头横了鞭鬼一眼，对楚云君说：“楚姑娘，张一丈临死前留下话，说东西在叶知秋手上。你要是打算诳我们，今天可不是个好日子。”

叶知秋想起张一丈死前的话，心里大骂强盗临死前还要这么坑自己。但想想又不对劲：“程龙头好涵养，一直等到我自己找上门才摆出这鸿门宴。若是我一直不来呢？程龙头打算就这么三贞九烈地等下去？”

程龙头也不生气：“我倒是想找你，但谁能从谢左备身眼皮底下请人呢？”

叶知秋一凛：他只道七师兄谢蓬莱眼线多，没想到，他竟以千牛府从六品上左千牛备身的职权，暗中保护自己，以程龙头的本事对此竟束手无策。不过，这“保护”不知为何，让叶知秋有种芒刺在背的感觉。

程龙头说：“不过，进了我永安镖局的门，就由不得别人指手画脚。我最后问你们一遍，东西到底在谁手上？”

楚云君一笑，乜了叶知秋一眼：“你们看他，像知道底细的么？”

堂中气氛变了，原本只针对叶知秋的敌意，此刻更多地聚集到了楚云君身上。叶知秋下意识地上前一步，把楚云君护在身后。

楚云君却绕开他，施施然走上前：“东西可以给你们，不过我有个条件。”

程龙头浑身戒备起来：“说说看。”

楚云君说：“张一丈兄弟一十九人，其中十一人死后留下了妻女父母，这十一门孤寡，永安镖局负责赡养如何？”

程龙头一时间没回上话，愣了一愣，才说：“你说什么？”

“怎么，”楚云君说，“很难办么？”

“这倒没有，”程龙头说，“还有什么条件？”

楚云君说："没了。"

程龙头拉下脸，双手垂下来，在袖子里动了动："楚姑娘，你可不要说笑。"

叶知秋暗暗把手按到唐刀上。

"我只管说，"楚云君平静地说，"笑不笑，是诸位的事。"

一句话比一百句还厉害。

她这么一说，便成了那十一门孤儿寡母在程龙头眼里，远比不上一件"东西"值钱。

不知谁的兵器叮的一声响，叶知秋的唐刀随之铿然出鞘，楚云君却摁住他的手，向那几个面色作狠、眼看着就要动手的人冷笑道："怎么，我说了两句笑话，诸位不赏个缠头，倒要赏我一顿打？先说好，我是不会功夫的，诸位大侠只管放心下手好了。"

程龙头道："楚姑娘，你说的条件可作得数？"

楚云君笑而不答，倒显得程龙头气量不够大一般，程龙头面上越发挂不住，说："既如此，张一丈那些弟兄我们并不相熟，那劳烦楚姑娘指个路，那十一门孤寡的消息不拘多少，写与我们，我们也好按着去找。"他这一招以退为进，实际上是变相地要楚云君留下字据交付那件东西，做一个铁证。

叶知秋惯和这些江湖人打交道，程龙头一开口他就明白了他肚里的如意算盘，心中暗笑一声，不知心思玲珑的楚云君会如何化解，却听楚云君说："如此甚好，请笔墨罢。"

纸笔拿来，楚云君寥寥几笔便写完了，程龙头道："楚姑娘，到时候我们找去怕人不信，或反诬我们倒是糊涂账一笔，不若你把姓名写上……”

楚云君却把纸掀起来，轻轻将墨吹干：“你先看罢。”

程龙头接过来，一看却愣了。

纸上哪有什么孤寡的详情，只写了一句：张一丈存在叶知秋处的遗物，明日午前，定托叶知秋送上永安镖局。

落款“楚云君”三字早已写好。

程龙头顿时尴尬起来：“这……楚姑娘既托付那十一门孤寡，也是巾帼英雄，立这字据岂不是多此一举，叫我面上无光么？”一边却把字据收入了袖中，换了一副和气生财的脸孔，“那十一门孤寡，还望楚姑娘给个下落，我们也好早日找到，照拂起来。”

楚云君轻按鬓发：“什么孤寡？”

说着一笑，腊月的日光在她两片唇上一霎闪映出嫣然却凛冽的光泽。

楚云君说：“我只做过张一丈的生意，他的兄弟是个什么境况，我怎么会知道？”

“那件东西本来就打算给你们。”楚云君说。

程龙头只觉得被一记无声无息的耳光抽得后槽牙都疼。一开始楚云君提出张一丈一干人死后留下了十一门孤寡，他们全然不知，是做朋友不忠义；楚云君把赡养孤寡作为交易条件，他们不信，是做人不赤诚；等犹豫着答应下来，好不容易找回一点面子，楚云君却说一切不过是她随口扯的谎，张一丈不过是她的嫖客，他的兄弟，和她有什么关系？

于是乎，她是坦荡荡的小人娼妓，程龙头一干等人成了心怀鬼胎的伪君子与蠢货。

程龙头觉得心口滞重，肺腑翻涌，一言蔽之，想吐血，面色沉下来，已是动了杀心。

楚云君却轻抚鬓发：“程龙头，我死便死了，反正连烧纸的人都没有。你要杀我，我随时有闲，单除了今日。”说着扫了叶知秋一眼，目光状似深情，细看却是嘲弄，“我今日怎么也算是和他一伙的，永安总不便和叶相公结仇罢？”

叶知秋冷眼旁观，觉得比每个人都有秘密更让人恶心的，莫过自己身上，也被人发掘出了同样的谜团。

但他对她还是做不到纯粹的厌恶。

他隐约感受得到深藏楚云君心中莫名而隐秘的疯狂，这就好比美到极致的东西总是天然带着一丝不祥。

仿佛她自认绝无可能得到他的爱，不如连最后一丝好感也破坏殆尽，尽情怀抱着叶知秋的厌恶，也算是一种奇特的独占。

10

师门

两人之前从角门入，如今，那四大天王与八大金刚没派上正经用场，徒劳地充作壁花，目送这二人安安稳稳地从角门出去了。

永安镖局门外，大街上正热闹，冬日里尚不多见的晴暖阳光照得叶知秋眯起眼睛，他并不看楚云君，只向着一轮白炽的日头问：“你带我来的目的就是查我的底细？”

楚云君说：“程龙头被谢蓬莱吓成了软脚蟹，不敢上我的门，只好由我来拜会他。我既费这一番力，自然要赚回缠头。最近好些人记挂你的安危，这些人却又不是一伙的，我就猜永安这边或许也认识你，不过来碰个运气。没想到还是出乎我意料，竟还有‘莫愁前路无知己’这一件陈年秘辛挂在你身上。”

叶知秋望着楚云君，她美丽的侧脸看上去不动声色，完美无缺，她对他的身世了解多少？这和她的复仇大业却又有什么关系？

楚云君问叶知秋说：“如何？这次，我算是诳你没诳呢？”

叶知秋叹了一声，“想知道的没弄清楚，不想知道的事却牵出来一大篇。”

“你想知道什么？”楚云君问。

“譬如说……”叶知秋长叹一声，“你为什么说‘本来就要把东西交给永安镖局’。”

“不过是物归原主而已，今日情形你也看到了。张一丈和永安镖局是一伙的。”楚云君说。

“那永安镖局又是哪一伙的呢？”叶知秋学着楚云君的语气问。

楚云君说：“永安镖局听命于千牛府。”

也就是说，听命于皇帝。

怪不得永安镖局只走太原一线，占天下镖局仅仅一厘的生意，却稳稳地坐镇西京，一副吃喝不愁的面孔。只是没想到张一丈与永安竟然原本就是一伙的，强盗窝和镖局，一个唱红脸，一个唱白脸，把太原看得紧紧的。

楚云君似能看出叶知秋心中所想：“太原只是明面上的叫法，实际上，是包括太原在内的整个河东。”

叶知秋恍然：河东是隐太子的大本营，高祖当年还是太原留守的时候，就有了逐鹿中原的打算，命隐太子携家眷迁来河东居住，如今的皇帝那时则在晋阳，两人分别暗中结交招募人才。据说当年招募来的义军松散怠慢，隐太子亲自操练，起兵之初，隐太子带着这支亲手训练出来的河东军，加上往返时间，只用九天便平定了西河，打通了与西京的通路。

叶知秋行走江湖时，曾见过有河东人至今私下里还把隐太子称作“陇西公”，这是当年隐太子平定西河后高祖赐给的封号。

只惜乎，一山不容二虎。

叶知秋问："那你今日来永安这一趟，又是什么意思？"

楚云君说："张一丈的遗物，难道不应该交给永安么？"

叶知秋反问："那应该由你来交么？"

楚云君面色黯然："最不应该的，是张一丈没把东西给永安，却交给了我。"

叶知秋想了想，胸中森冷：张一丈伏法，不是因为他是强盗，为祸多年，而是他倒戈了——他也许不是倒向了死去的隐太子，叶知秋想起上刑场前这强盗曾向他回过头，邋里邋遢的脸上两只眼睛却闪着光。很少有将死之人会有这样的目光，看上去留恋着这人世，却对即将到来的死亡毫无畏惧。

他对叶知秋说："你答应了照顾好我妹子的，叶知秋，我只信你一个人，你不要食言。"

叶知秋想：张一丈，你可真是个出类拔萃的蠢货呐！

叶知秋问楚云君："张一丈倒戈的事是怎么被发现的？"

"我告的密。"楚云君平静地说。

叶知秋冷笑："你倒是诚恳。"

楚云君也笑起来："我说的若是假话，就让隐太子的魂魄永入阿鼻地狱不得超生，如何？"

噎得叶知秋无话可说。

半晌，叶知秋说："你的话没有道理。就算全天下人都给皇帝办事，你也不会这么做。"

"为什么……我就不能和全天下人一样，当一个普普通通的人么？"楚云君说，"这样不好么？"

叶知秋心想，何止是好，简直是皆大欢喜，只是小娘子你的爱憎心未免别致了些。

“即便真如你所说，你——给皇帝办事，那你为什么还要策反张一丈？”

“隐太子党策反皇帝的人还需要理由么？”楚云君说，“义军内定下的计划，我也只能顺从行事，免得引起宋二爷他们的怀疑。”

还自称义军。

叶知秋有点愠怒：“楚云君，你到底想干什么？”

“我想干什么就干什么，只凭‘乐意’二字而已，”楚云君说，“你若非要把人和事分个黑白曲直，那天底下，只有一件事我决计不会去干。”

叶知秋冷笑：她还有原则，新鲜。

然而楚云君望着叶知秋：“我绝对不会让你死。”

一瞬间，她目光中的情愫几可称之为“酷烈”，以至于叶知秋感到这眸光望进自己的眼睛，竟像是将自己的灵魂狠狠地灼痛了。

是……错觉罢？

为消解这令人不快的感受，叶知秋另提起一件事：“那件‘东西’是什么。”

“你自己去取来，不就知道了么？”楚云君说，“张一丈临死前的遗言，你忘了？”

张一丈吃断头饭那天，为逼叶知秋照顾他“妹子”，的确威胁说在叶知秋宅中藏了赃物。叶知秋只当他胡诌，从没放心上。他无论如何想不到，强盗说的竟然是真话——这叫什么世道？且那物事不仅是“赃”，如今看来，关系还异常重大。

“东西就在你那旧宅跨院的槐树根下埋着，”楚云君说，“去死牢看望张一丈的，可不止你叶知秋一个。”

叶知秋说：“你……”真打算让他出面，把东西交给永安镖局？

楚云君斜睨他一眼，似笑非笑：“你信不过我，又来问我，问了又如何？你是信，还是不信？”

叶知秋语塞，幸好这时一个沿街叫卖元宵的小孩子凑到二人面前做生意：“买一盘元宵罢，正月十五吃元宵，团团圆圆！”

叶知秋望着那元宵，猛地叫道：“糟了！”

“怎么了？”楚云君问。

“明天是我师父生日，我们兄弟几个每年轮流做东，给老头子祝寿，今年轮到我，我连馆子都没订呢！”

“你师父不是云游去了么，怎么做寿？”楚云君问。

“主要是个心意，也是哥几个难得凑齐了聚一聚，师父来不来倒是随意。”叶知秋直叹气，“忙忙忙，忙得这个都忘了。”

两人招来一辆马车，吩咐往平康里去。

车夫一声吆喝，马喷着响鼻，将路上的石子踢得四下飞溅，绝尘而去。这时街角现出一道人影——谢蓬莱把几枚铜钱放入卖元宵小儿的手中，拍拍他的肩膀：“多谢你，去罢。”

转过天来，叶知秋原拟先去旧宅取张一丈的遗物，但昨晚一夜乱梦，凤四那只藏在棉布门帘后面的眼睛一直魇着他，小儿兜售元宵的卖唱声也像挽歌一般在梦里凄惨地唱个不停，早上叶知秋起来，莫名地阵阵心慌。

旧宅里的东西反正不会跑，叶知秋想，自己眼下这般浮躁，不如聚会后再去取它。

出门前，楚云君少见地特到他房内来相送，见他顶着一对没睡好的乌青眼，笑了一笑："几曾何时，你也肯为我一夜无眠？"

叶知秋想着心事，没有答话。

楚云君说："也许只有我走了，你才会急上那么一急。"

叶知秋问："走去哪儿？"

楚云君抬起眼来望着他："自然是江湖。若有一天你终于想起来找我，就去江湖找。"

叶知秋听得云里雾里，正要细问，楚云君忽而伸出纤白手指掩住他的嘴，面庞凑近过来，叶知秋不自主地盯着她艳丽的红唇渐渐欺近，却并不成为一个吻——楚云君只微微探身，凝脂般细腻玲珑的鼻尖在叶知秋颈项一侧轻轻嗅了一嗅，然后浅浅一笑，转身离去了。

"知秋，万事小心。"她说。

叶知秋凝望她在阳光下的背影，乌鬓下延伸出来的一小截脖颈，白得莹莹发亮。

叶知秋本以为自己到得最早，等到了酒肆，却看见谢蓬莱打横坐在二楼雕花窗架上抄着袖子晒太阳，远远见到他，把一个金闪闪的东西朝他扬了扬。

叶知秋看不真切，等进到雅间，凌空一样物事朝他飞来，伸手一接，沉甸甸凉冰冰，竟是一锭金子。

谢蓬莱促狭地笑着："幺儿，哥哥给你的零花，省得满西京都知道了你欠妓院的钱，好大一笔风流债。”

叶知秋大窘，这时门扉一声响，凤四大踏步地跨进来。

叶知秋心下纳罕：今日果真稀奇。谢蓬莱是个出奇的懒货，又忙，平素酒局没有不迟到的。凤四行走江湖，今日在东明日在西，也时常没个准头，今日这二人双双早到这么些，太阳从西边出来了？

凤四进门后更奇，跟叶、谢二人点点头，算是打过招呼，便在雅间里四处忙活起来，到处敲打摸弄，把些飞刺、镖刀之类的暗器在房中角角落落藏了，又打开茶壶将水泼在地上，往空茶壶里倒入一包药粉，放在一旁闲置的矮几上备用。

叶知秋看得目瞪口呆，问凤四：“四师兄，你最近惹上什么厉害对头了？”

凤四从怀中掏出一只小瓷瓶，倒出三丸药，自己吞了一粒，剩下的递给叶知秋与谢蓬莱：“这是解药，先吃了。”

谢蓬莱接过来便丢进了口中，一边望着叶知秋：“你不知道？”

“什么？”

谢蓬莱笑道：“我以为你定了十人的大包间原是知道消息了。”他顿了顿，比出个六来，“今天这顿席面，要来这个数。”

叶知秋算了算，做洛阳令的三师兄也来？这倒是少见的喜事，但谢蓬莱比的数是六——叶知秋大喜：“师父他老人家也要来？”

谢蓬莱说：“再猜。”

叶知秋一惊：“难道说……”

师父共有九个弟子，六师兄早年参军平定胡戎薛延陀部叛乱时战死了，八师兄生病早夭，实际上师兄弟只有七人，算上年前身死的大师兄，便只剩了六人。

但按理说，即便如此，今天能来的也只有五个人。

因为师兄弟中，有一个人从未露过面，除了师父以外，似乎没有人知道他到底是谁，如今做什么营生——至少叶知秋是完全不知道。

“七哥，”叶知秋说，“难道二师兄要来？”

“没错，”谢蓬莱说，“神秘了这么多年，还真让人想一睹真容。”

“你怎知他要来？”叶知秋问。

谢蓬莱说：“师父前两天传信说的。”

一想到师父云游至今没给自己传过只言片语，叶知秋心中不免有些微的妒忌，他问谢蓬莱：“老头子还说什么了？他身体怎么样？如今走到哪儿了？”

谢蓬莱笑道：“老五也要来，你自己问去呗！”

师兄弟几人中，五师兄周全性格最为敦厚忠实，故而一直留在师父身边照顾起居，师父云游他也一同跟去伺候。

不多时，五师兄周全便来了，不若谢蓬莱的纨绔气，也不像凤四豹头吊眼黑髯须一般粗犷，周全长着一张容长脸，眉眼端方，打扮规矩齐整。与三位师兄弟寒暄后，叶知秋问起师父近况，周全回道一切都好，只是听闻大师兄的噩耗，很是伤心，饮食便清减了些。

正叙话，歪倚在窗框上的谢蓬莱打了声呼哨，望着窗下：“难不成真是位小娘子？师父他老人家果然不同凡响呐。”

叶知秋等也来到窗边，见前两年便放官洛阳令的三师兄简曦骑着一匹挺精神的青驴从东面而来，他身后跟着一顶朴素的青呢小轿。

谢蓬莱对凤四说：“老四，我说什么来着？老三十有八九知道老二的底细，如今看来，不仅知道，还熟得很呢！”

“既是第二位收来的弟子，”凤四说，“老大和老三知道他便不奇怪。”

叶知秋讶然：“大师兄也认识二师兄？”

“猜的，”谢蓬莱轻叹一声，“毕竟，也没处核实了不是？”

大师兄秦抱鹤惨遭谋杀，叶知秋一思及此便觉胸闷气堵。

“行啦，”谢蓬莱翻身下来，抖抖衣衫，落了座，“迎客。”

凤四凝神细听上楼的动静：“三师兄简曦应当没有功夫，但另一位……从脚力来看——”他看了眼叶知秋，叶知秋点头道：“至少轻功不在我之下。”

周全微微摇头：“可惜。”

“什么？”叶知秋问。

周全说：“师父曾说，他内功心法‘春潮生’的衣钵，就在二师兄身上了。上个月还提起此事，言语间颇有悔意。”

叶知秋听这几人话锋，心中不安愈盛：听起来，同门师兄弟竟像是分了势不两立的派别，谢蓬莱、凤四、周全似是和师父一拨，而这神秘的二师兄和三师兄简曦，则是另一派。

那大师兄秦抱鹤呢？

他的死，和这纷争有关么？

他叶知秋，又算是哪一党一派的？

为何……在场几人谈起此事均神色寻常，像是早就知悉了个中内幕，唯独他叶知秋一个被蒙在鼓里？

门被推开了。

谢蓬莱脸上已堆好了笑，当门外二人推门而入时，刚要热情寒暄，话在舌尖却打了个突，愣了——叶知秋也狠狠吃了一惊，剔骨凉意从尾闾直冲头顶。

来者姿容绝色，气度雍容雅致，眼角眉梢是一片冷冰冰的刻薄，嘴角却噙一抹似有似无的笑。

不是深闺里的女郎。

是个深宫里的宦官。

而且是个品级不低、有名的宦官。

因为谢蓬莱站起来给他行了个礼，口道："左使君。"

"谢中郎，"太监还礼，"你我师出同门，今日又是师父寿辰，若不嫌弃，还是以师兄弟相称罢。"

他口中说着兄弟情分，称呼上却又严格按照官场上那一套，初次见面时将人的称呼提一级——谢蓬莱是从六品上的左千牛备身，这位左使君却虚称他为"中郎将"，看起来面子里子都给，十足客气，言下之意却是什么情面也不打算讲。

谢蓬莱笑一笑，转过脸向师兄弟几个介绍："这位是左无恙左使君，皇后娘娘的身边人，还兼着掖庭令的差使，日理万机，还挤出空来见我们几位师弟，真是——"

左无恙笑道："七师弟客气了。"

谢蓬莱说："二师兄误会了，我是说真是——居心叵测呐，二师兄。"

室内气氛微微一滞，左无恙笑起来："你们若不杀秦抱鹤，或许这辈子也不用见着我。"

叶知秋心中猛地一震：他说“你们”？杀大师兄的——在他们几人中间？！

谢蓬莱笑容敛去，怅然一叹：“你把老大拖下水，我们只好杀了他。为这个，大家都特别难过来着：师父连饭也吃不下，还有老四——二师兄也许还不认得你的这位四师弟，他不在官场上混，常年浪迹江湖。当年还是老大把他从垃圾堆里捡来，跪着求师父收下的。老四杀了老大，心里不好过，还立了毒誓呢！”

左无恙饶有兴致地问：“什么毒誓？”

“他这臆头，”谢蓬莱说，“准备一杀了你，就亲自去地府向老大谢罪。”

一句句话，均听得叶知秋心惊肉跳。

这时只听凤四对左无恙说：“大师兄本可以置身事外，这是师父当年亲口答应我的。你却把大师兄拖下水，当真歹毒！”

左无恙道：“一口一个大师兄……他秦抱鹤首先是人臣，食君之禄，忠君之事，是他的本分。”

谢蓬莱道：“我还是头一回看人背信弃义、欺师灭祖得这么理直气壮。都说观音婢有手段，会调教人，我看，哪止如此，把人调教成狗的本事都有。”

观音婢是长孙皇后未出阁时的闺名，谢蓬莱这句话是对皇后的大不敬，也是对左无恙最刻毒的侮辱，左无恙砰地拍了桌子。

“七师弟，慎言！”简曦斥道，一面摁住左无恙的肩膀。却见谢蓬莱赶苍蝇似的挥挥手：“三师兄，别打圆场了，在问出那件东西的下落之前，我相信二师兄可舍不得弄死我们几个小师弟。”

简曦哈哈一笑，打开一条门缝吩咐店伙：“上菜上菜。今天是师父寿辰，谁想闹个红脸给师父他老人家添堵不成？边吃边说，都是自家兄弟，有什么说不开的。”

凤四提起空茶壶往店伙怀里一塞：“弄壶茶来！”

叶知秋眼睁睁看着那只撒了药面的茶壶被店伙点头哈腰地拎下楼去，不一会儿上了冷盘，茶也泡好端来，叶知秋排行最末，便拿过茶壶给众人倒茶。壶嘴儿对准左无恙面前的茶杯时，一只明润白皙的手搭上他手背，左无恙的声音低沉中暗含一丝令人齿冷的阴柔：“小师弟，让咱家看看你。”

叶知秋一抖，心说俸银不够花怎么的，您老还兼着拉皮条的营生么！口里说出来的话却真诚恳切：“二师兄喝茶。”

左无恙轻缓而不由分说地掰开叶知秋的手指，按下茶壶：“不急，一会儿再喝。”

叶知秋心里震天响地骂娘：调戏你老子！杀千刀的龟儿子！真他妈的晦气，回去得拿狗血好好淋一淋……

脸上还要装面生：“二师兄先喝茶。”

左无恙摇摇头：“喝了就看不见你了。”

这是要唱《十八相送》怎么着？叶知秋满肚子邪火。

左无恙做出耳语的样子，声音却不高不低，所有人都听得到：“这茶里有毒，如何喝得？”

同时，仿佛响应他似的，刷拉一声，一道血猛溅在门上，凤四不知何时出的门，这时推门进来，板斧刃上染得鲜红，正往下滴血。凤四走进来，看也不看左无恙，只对谢蓬莱说：“那店伙是他们的人，我料理了。这座酒肆里尽是他们的人扮的，不下三十个。”

说完将板斧在衣服下摆上胡乱擦了两下，悬在左无恙手腕上：“还想要你这只狗爪的话，就给我收回去。”

左无恙的“狗爪”正抓着叶知秋的手腕。

左无恙的手指一根根松开：“师父要是把秦抱鹤也护得这么好，说不定我也拉拢不了他了。”说罢手猛地收紧，抓住叶知秋手腕向怀中一扯。

在场只有简曦一点儿功夫也不会，因此当时的场景在他看来简直是群魔乱舞：明明是左无恙抓着叶知秋的手，但看去时怎么又成了叶知秋的手正掐向左无恙的喉咙？左无恙更奇，面对叶知秋锁喉、风四一斧子斜斩，他怎么竟硬生生地从二人中穿将出去，明明是正面穿出，何时又反过身来双足朝叶知秋后背连环踢？

而那谢蓬莱，又是何时闪身出来，一把抓住叶知秋从窗户中一跃而出？

左无恙跟简曦说过，有他精心挑选的三十四名禁苑好手，里里外外将这家酒肆围得铁桶也似，因此谢、叶二人突围他并不着急，但眼看埋伏好的杀手朝二人围剿过去，这骤然袭来的漫天精钢剑雨又是怎么回事，谁打的埋伏？那闪着幽蓝光芒的箭镞莫不是淬了毒罢？！真是呜呼哀哉！

一肚子墨水，曾高中过榜眼的洛阳令简曦，觉得自己这一票师兄弟们实在是太过于危险，因此转出门，连滚带爬地下了楼，唤来他那匹心爱的小青驴，夹腿扬鞭飞奔而去。

左无恙纵身欲追谢、叶二人，冷不丁三道飞刺扎来，他闪身避过，腰带上佩戴的玉珏却被打断了。

左无恙望了一眼落到地上碎为两段的玉珏，抬起头，凤四铁塔般站在面前，挡住大半窗口。凤四素来寡于言而敏于行，因此，当玉佩断裂的不祥阴影从左无恙心头掠过，他站定等着凤四按江湖规矩开场白时，问候他的却只有一柄寒光闪闪的开山斧。

左无恙忽然想起师父教他功夫时说过：“春潮生这门心法的独特处在于，虽是一样心法，不同人练来却有不同样貌。譬如春潮之生，是生于狂澜之海，杨柳岸之湖，千里奔腾之江，抑或波澜平阔之大河，或者飘花映草之小溪，端看个人的本质。”

凤四的“春潮生”，就像是冬去春来，冻雪化尽而骤然高昂咆哮的千丈大瀑布。

如今这股瀑布是复仇的猩红色。

但——避开那开山裂石的一斧，抽出一对判官笔朝这千寻匹练刺去时，左无恙的心却很宁静——一个“静”字是他的长处，左无恙想，猩红可以是瀑布，也可是屏风上的一朵折枝梅，鸾镜中女子的一痕点绛唇。

这女子点完唇，并不像天底下所有女子般抿一抿嘴，自得地嫣然一笑，相反，她总是要拿白夏布轻轻将点完的绛唇抹去一点，浅笑中有些抱憾：“太艳了，无恙，我总是嫌宫里的时新颜色都太艳。看，皇帝还取笑我说是‘艳冠六宫’，把我臊也臊死了。你知道我年轻的时候，从来不抹那些脂啊粉啊的，出门见人，就摘一朵凤仙花在嘴上搽一搽……”

欺师灭祖又如何？

本就是残缺不全、要下地狱的东西。

只不过，师父拿他当弟子，当作完成“义举”的工具，从师父那里得到的，只有硬邦邦的功夫、学识、鬼蜮伎俩，而她却跟他讲她昨天和皇帝闹的笑话，年轻时摘过的花——

她把他当作一个人。

于是他也就有那么点想当一个人了，哪怕是个恶人呢。

凤四从未想过世上还会有这样的“春潮生”——左无恙的“春潮生”，不像是江、河、湖、海、小溪、暗流，而像是一夜春风来，地狱里的恶鬼纷纷苏醒，于是烧起了一场漫天的业火。

叶知秋跟着谢蓬莱在巷陌间飞奔，谢蓬莱对西京的一切了然于胸，叶知秋甚至觉得脚下的各条巷子都是活的，在谢蓬莱的指挥下说去哪儿就去哪儿。

五师兄周全紧随身侧，为他们断后。

叶知秋轻功过人，跑起来倒还比谢蓬莱轻松些，还能说话：“七哥，我们还是分头走……”

“不，”谢蓬莱说，“左无恙有禁苑杀手，我在千牛府中也算能说两句话，有我调来的二十千牛卫挡着，我们只管脱身，那些喽啰追不过来。”

叶知秋说：“但三人分头去岂不……”

“幺儿，”谢蓬莱说，“我们哥几个今天必须做成两件事。一件是把拖老大下水的元凶了结，还有一件，是护你全身而退。”

叶知秋只觉谢蓬莱这话给他本就乱如麻的心绪又添了一束缠

丝："七哥，这到底是怎么回事？你们到底……"

谢蓬莱说："我、老四、老五，还有师父，我们和你那位楚姑娘坐的是一条船。"

叶知秋脚步一错，险些岔气。

谢蓬莱说："其实按理说，包括战死的老六，病夭的老八，除了你，我们剩下的兄弟八人都是'隐'字头的，尤其老二，他是师父藏得最深的一把剑，是最后用来直插心脏的。可惜，师父这辈子样样精通，就是没能下好一盘棋，老二这颗至关重要的藏子，竟然反了水。这也罢了，还拖大师兄入了局。"

五师兄周全补充道："其实师父早就看出来，大师兄性情闲散，秉性又温厚，不适合做那等大事，因此一直没让他知道内情，也没派什么有分量的任务给他。当年四师兄求情时，师父其实是顺水推舟，让大师兄撇清了。"

叶知秋喃喃："我怎么竟一点儿都……"

"幺儿，"谢蓬莱说，"你和老大却不一样。"

"如何不一样？"

谢蓬莱刚要回答，忽然生生地住了口：左无恙浑身浴血地挡在面前，他手拿一对光闪闪的判官笔，活像是地狱里爬出来的索命鬼。

谢蓬莱见到他，胸中便一痛，低声念叨了一句："老四……"

不料左无恙耳力惊人，冷笑一声："四师弟他，已经追咱们大师兄去了。临走前托我转告各位……"

周全忍不住怒道："少胡吣！"

左无恙不以为忤："那我便不说。"

谢蓬莱拦住周全："老五，沉住气。"说着朝左无恙点点头，似是官场相见分外客气，"左使君请讲。"

"还是谢中郎上道，可惜咱们师兄弟的缘分太浅，"左无恙说，"四师弟说，没杀了我，他死不瞑目，还请诸位千万不要对我手下留情。"

谢蓬莱已经出手！

谢蓬莱是官宦子弟，在叶知秋的记忆里，这人似乎一生下来就是一副纨绔子弟的懒样，夏天摇着芭蕉扇喊热，冬天抄着袖子喊冷，白天喊累，晚上喊闷，一年到头都喊困。

已经有多少年没见过谢蓬莱出手了，十年，十五年？

更是从来没见过谢蓬莱这样怒。

谢蓬莱惯使的武器很奇特，当年学兵器时他自己挑的，师父对此不熟络，还特地找来至交故友，专门指点他——谢蓬莱的兵器是八把嵌在指缝间和手指一般长短的小刀，形制有点类似镖刀。但谢蓬莱没有像普通人那样把这种小刀当作暗器，而是把这八把小刀当作是剑客的剑一般，使用前必先亮给敌人看。

谢蓬莱给这八把小刀取了个很优雅的名字，叫"剪雨裁风刀"。

今天这八把雪亮的小刀嵌在他手指间，剪裁的将是左无恙的性命！

左无恙正打算用那对判官笔将谢蓬莱的阳寿一笔勾销，眼见谢蓬莱双手间银光霍霍地向自己袭来，判官笔上打下截，似两条银龙刺了出去。

两人一击即分。

谢蓬莱衣襟被划破，左无恙的臂上洇出一道血痕。

左无恙一呻："大意了。"

"是我大意了，"谢蓬莱将剪雨裁风刀吹了吹，"竟没能一招取了左使君性命，老四该怪我惜力了。"

说罢欺身而上。

左无恙眸光闪动。一瞬间，些微的惊异划过谢蓬莱心间：这宦官眼中……竟闪过了淡淡的惋惜？

这惋惜竟与谢蓬莱心中的感受不谋而合。

因有凤四的惨死横亘在前，他其实一直在压抑这一丝感受。习武者以武会友，以武悟道，也以武知人。一般人挑选兵器总喜刀枪剑戟这些光明正道，除非家族传承，没什么人会去挑不入流的暗器，谢蓬莱偏偏反其道而行之，挑了八把小刀，却又把暗器当作常兵器使——暗器之利在于短小隐秘，一旦亮出来，与那些威猛敞亮的真正兵器相比，不啻燕雀之比鲲鹏。

这种种奇特抉择乃是谢蓬莱性情使然。

令他没想到的是，天底下竟然还有个左无恙——判官笔短细尖利，易于藏匿，是出名的暗器，但左无恙出招前竟也把它们亮了一亮。

若在平日，凭他判官笔这一亮，谢蓬莱就要收了手，请他去喝一杯。

眼下却只能殊死相拼。

剪雨裁风刀与判官笔尺寸间步步杀机，同时谢蓬莱却在想：这人世，真叫人厌倦。

他忽然有点理解了左无恙的背叛师门：师父当年选择了他，但他并没有选择入这师门，正如他同样没有选择当一个太监。

谢蓬莱想起他在青楼醉生梦死时遇到过的一个妓女。

北堂两朵倾城花，花如月和水似云，谢蓬莱喜欢热闹，所以那晚他没叫弱柳扶风欲说还休的水似云，而是请了巧笑倩兮欢欢喜喜的花如月。醉酒半酣时，谢蓬莱半开玩笑地赞她："花姑娘，你是女中豪杰啊，开开心心，坦坦荡荡，真不辜负你这天赐的美貌。"——作为一个妓女。

花如月当即赏了他一记耳光——当然，也是半轻不重，裹挟在玩笑里的。她醉酒后酡颜如霞，美目流光，笑嘻嘻说："生下来是大家闺秀、金娇玉贵的当然好，但若不是，只是破落户的小杂种，阴沟边茅草房的野丫头，难道去寻死么？"

没的选也要选——即便不得已为娼，也选择当一个开心的妓女。

一如当一个欺师灭祖的太监。

看起来都不错。

就像他谢蓬莱生于礼部员外郎家，父亲年轻时追随隐太子，本负有济世之才，只因站错了队，在玄武门兵变后终生不得志，拘泥在从六品上员外郎的位置上再也没挪过窝，以至于天命之年，竟与儿子一般品级。

为了给心目中认定的"真龙天子"复仇，他把儿子也投入了"谋逆"的泥淖之中。

谢蓬莱对那个连面也没见过的隐太子没有丁点感情，没的选也要选——不然难道去死么？于是他选择了这一群异姓兄弟：秦抱鹤、凤四、叶知秋……而不是兢兢业业为隐太子复仇。尽管二者从面上看并没有不同，但从心而论，他现在与左无恙死斗，是为左无恙拖秦抱鹤下水、杀死凤四，他保护叶知秋，是因为叶知秋是他过命的兄弟，并非为了遵循师父传来的命令。

至于父亲，谢蓬莱只觉得可悲，却并不怜悯：宫变后，凡是归顺的，都得以在二皇子麾下大展宏图，只有冥顽不灵念念不忘隐太子的，才被雪藏。要谢蓬莱说，他们家没被满门抄斩就算是祖坟冒青烟了，还折腾个屁！

判官笔点戳钩挑，圆转如意，而左无恙的“春潮生”更是酷烈难缠，谢蓬莱身上受了好几处伤，却越打越轻松，倒像是占上风的人是他——左无恙眼中掠过一丝激赏，下手却更狠。

如此甚好，谢蓬莱心想。

左无恙却想起自己还没背叛师门时，有一年和师父喝酒，那是他从宫中偷出的杜康酒，醇得很。师父微醺之际曾向他感叹：可惜老七生得晚，其实，大师兄这个空，他来填最合适。那小子仗义。

左无恙笑说：秦抱鹤不仗义?

光仗义还不够，师父叹了一声，还得聪明。

秦抱鹤不聪明?左无恙问。

师父说：抱鹤容易满足，给他两房妻妾一双儿女，他就别无所求了，说起来，这反而是种大智慧。蓬莱呢，他是太聪明，所以他很难满足，什么都想要，让他当老大，拖带八个小师弟，你看着罢，他会抓得紧紧的，护得死死的，你们一个也别想闯祸，也别动什么歪脑筋，我就省心喽!

左无恙当时说：这么说倒是谢蓬莱不够聪明了。

蓦地精光一闪，判官笔刺出，谢蓬莱腰间顿时被撕出一条口子，但他双手翻飞狂舞，暴雪般笼罩左无恙，任左无恙左右格挡，脸上、臂上仍被割了好几道，只是都不如谢蓬莱腰上的伤口深。

左无恙问谢蓬莱：“那东西在哪里？”

“张一丈不是你们的人么，问他去啊，”谢蓬莱还有闲心笑，“哦，我想起来了，他倒戈了，结果你们怕他说出什么不该说的，着急忙慌地把人给斩了，还特意调了我们那什么都不知道的小师弟去抓强盗。这样一来，我们为了避免把小师弟卷进来，只好眼睁睁看着张一丈被砍了头。现在想起来找东西，左使君，日上三竿——不嫌晚么？”

谢蓬莱这一篇话简直是自找麻烦，说话间一分神，判官笔哧的一声刺穿他肩胛，他惨呼一声，胳膊算是废了一条，但他忽而退开丈许，对左无恙伸手道：“慢！”

“我包扎完伤口再和你打。”谢蓬莱说。

左无恙直发怔：还有这样的？

谢蓬莱说：“左使君要等不及，我也可以叫上老五和幺儿，陪大人一起过招。但我寻思，这样也太欺负人了。当然，大人要是两样都不行，也可以高风亮节，直接让我们哥仨走得了。”

左无恙不知谢蓬莱打的什么主意，但拖延时间对他反而有利，他布置下的第二批人马就快到了。

周全撕了条衣襟给谢蓬莱包扎，谢蓬莱用极低的声音耳语道：“老五，我打不过左无恙，一会儿我使个花招绊住他，你听我吩咐，和幺儿立刻走。”

一旁叶知秋刚要反对，谢蓬莱瞪了他一眼：“闭嘴，师兄训话，没你插嘴的地方。”

又对周全说：“我的刀落在那边了，你帮我找回来。”

周全离开后，谢蓬莱低声迅速对叶知秋说：“幺儿，接下来的话万分紧要，你仔细听好：永安镖局的事老四告诉我了，是我让老四跟着你们混入永安镖局的，探听消息，同时保护你。那东西你不能交给永安镖局，要赶紧拿到手，交给师父，不要问，你会知道师父在哪里的。听着，幺儿，交了东西，师父要是让你留下，不管是什么原因，你都千万不能留，远走高飞，哪怕去瀛洲、大食，走得越远越好。至于楚姑娘，她叛了我们这边一事，我看八成是真的，但这件事要不要告诉师父，你自己掂量着办，因为我觉得，楚姑娘不管倒向哪边，她也许真的舍不得让你死，你小子桃花运走得也算邪门了。都记住了么？”

他说得飞快，叶知秋听得头晕目眩，只有郑重点头。

谢蓬莱瞥了一眼周全，见他找到了剪雨裁风刀，正向这边走来，便越发急语道：“我本来布置了咱们兄弟几个今日聚会，是想把事情都告诉你，可惜让左无恙搅了局。幺儿，眼下皇帝想杀你，只是下不了决心，但长孙皇后会替他下这个决心。”

“为何？”叶知秋问道。

“你绝不能让师父知道我告诉了你这件事：你的身份比楚姑娘还要……”

周全却已走过来，谢蓬莱只得闭上嘴，手指了指叶知秋，然后朝天上指。叶知秋一愣。

“七师弟，你把胳膊安回去了没？”左无恙等得不耐了，讥讽道。

“胳膊算是废啦，我的好师兄，”谢蓬莱撕下衣襟在绷带外又紧紧缚了一道，用牙咬着勒紧，呸声吐掉线头，说，“不过，我算是想通了，只要人活着就行。”他说这话时，似是不经意地瞥了叶知秋一眼，这一瞥中的深意，很久以后叶知秋再回想起来，只觉得命途愈寒，彼时的目光就愈暖。

左无恙亮出判官笔，剪雨裁风刀微光闪过，两人顷刻缠斗到一处。

两人都是近身战的高手，旁人看来，只觉得人影翻飞，武器相交的叮当之声不绝于耳，此时叶知秋和周全即便想帮衬，也无从下手。

而局中两人心境又各有不同，左无恙内力强横霸道，判官笔随时窥伺着谢蓬莱身上的破绽，下手毫不留情。但他越打越觉得谢蓬莱身法轻盈，气度优雅从容；谢蓬莱虽暂落下风，但八柄剪雨裁风刀将门户守得异常严密，觑准时机出手，还将左无恙的袍袖割去一片。

左无恙一方面要与谢蓬莱交战，一方面还要盯着叶知秋与周全，防止他们逃跑，不免心急，见谢蓬莱用一个拖字诀，守大于攻，心说再这么“以武会友”必会耽搁大事，眼色蓦然作狠，判官笔递出，直刺谢蓬莱手腕。谢蓬莱翻手便携着小刀向左无恙削去，冷不丁左无恙竟抛了判官笔，一掌击在谢蓬莱胸口——

谢蓬莱却微微一笑：他等这一刻很久了，左无恙急，他实际上比左无恙还要急。

只是他没有把这急放在面上，反做出一副云淡风轻的样子，逼左无恙出手。

他没想到左无恙会有抛了判官笔的这一掌，左无恙更没有想到，这运足内力的一掌之下，谢蓬莱不是被打得退出数丈，而是挺身硬受了，抓住左无恙的手掌狠狠一扭！

扭转的同时，四柄剪雨裁风刀切入左无恙手腕筋肉，直切至骨。

左无恙剧痛下倒给谢蓬莱喝了一声彩，同时另一支判官笔刺入谢蓬莱胸口，谢蓬莱脸上笑意却更深——再次不退反进，竟似打架打得傻了一般，眼睁睁让判官笔透胸而过，另一手亲兄热弟似的揽过左无恙的脖颈，指间雪亮的刀片毫不留情地割断左无恙的咽喉！

师出同门，谢蓬莱很清楚他绝打不过左无恙，想要取胜，只有一命换一命。

“走！”谢蓬莱死死锢住左无恙，对叶知秋与周全吼出这一句时，鲜血亦从喉头喷出。

叶知秋只觉这血喷了自己一脸，以至于看什么都是血红一片。

周全拽起叶知秋。

“老五！”谢蓬莱嘶声道。

周全重重地点头：“七师弟放心！”

11

一盏灯

叶知秋跟着周全，他必须强撑一口气，才能勉强压住浑身气血错乱翻涌。为避免去想方才的一幕，他问周全：“五师兄，我们去哪里？”

“千牛府，”周全说，“七师弟已经安排好了，眼下明面上的地方最安全。”

“所以，愚兄就在此恭候两位贤弟多时了。”

这声音听在叶知秋与周全耳中，不啻一声响雷，前方，三师兄简曦骑着一匹青驴，遥遥朝二人拱手，顺便扬了扬手里的书卷：“等得无聊，还翻了一遍《春秋》。愚兄是个书呆，书上既说‘我无尔诈，尔无我虞’，我们今天便开门见山地说了罢。”他挥挥手，墙头上立即现出密密麻麻的弓箭手来，莫说叶知秋和周全两人，哪怕师父亲临，也要被射成刺猬。

简曦说：“愚兄是个手无缚鸡之力的读书人，两位贤弟我只带得动一位回去，好查问张一丈那件遗物的下落。”他指指墙头的弓箭手，“一死一活，你们自己选罢！”

叶、周二人对他怒目而视，眼睛几乎要喷出火来。简曦掏了掏耳朵："对了，非礼勿听，谁要是忍不住骂人，我只好请他去见孔圣人了。我劝二位贤师弟还是从简从速，早下决断。"

楚云君的笑靥在叶知秋眼中一晃而过，他忽略一瞬间心底极深沉也极轻渺的惆怅，振作精神，对周全说："五师兄，多年承蒙照顾，我先走一步——"

"照顾好师父。"周全抢先说完，一掌拍向自己天灵盖。

头骨碎裂的声音竟是清脆的。

这位敦厚忠实的五师兄，功夫、学识、样貌，简直是丈量过一般，样样居于中等，默默无闻，如今，他的死也是这样沉默而干脆。

叶知秋对这位师兄毫无了解，他却已替他死了。

简曦抛来一只酒葫芦："里面是麻沸散，不是毒药，贤师弟放心喝，喝完了睡上一觉，睁开眼就到地方了。"

叶知秋捡起葫芦，他觉得自己并未太用力，葫芦却在他手中发出不堪挤握的喀啦声，此刻他心中只有一个雷响一样的声音，计算着被射成刺猬以前，自己掷出的葫芦有多大的机会把简曦的头颅砸出一个血窟窿。

他慢腾腾地拔出葫芦塞嘴，做出要喝的样子，手臂却在暗暗运劲。

"无量寿佛，这位叶檀越还是交给我罢。"

这声音响过了一会儿，才见文心飘然而至，春寒料峭，叶知秋头一次看见和尚的光脑门上浮着一层亮晶晶的汗珠。

文心拿袖子抹了把额头，和和气气地望着简曦。

简曦颇为意外，继而笑起来："大和尚的立场让人颇为思量啊，某倒是不敢从命了。”

文心对简曦以官职相称，恭敬而从容：“简明府的担心不无道理，幸好我的立场从没有变过。”

“既如此，”简曦对叶知秋说，“叶师弟，你告诉大和尚，师父书房挂的什么字。”

叶知秋感到舌尖刺麻：“莫愁前路无知己，天下谁人不识君。”

简曦对文心说：“这是皇后殿下送叶师弟的周岁贺礼。有皇后殿下的这句祝语在，大和尚还是执意带他走，不是做无用功么？”

叶知秋没弄明自己的身世，却意外得知了自己的宿命：他原来是个活靶子，现在苟活着，不过是想杀他的人还没动手。否则，天下谁人不识君，教你无处藏身！

师父将这贺礼挂在书房——他是否也明白这句子背后的森冷杀意？

教人不敢深想。

文心念了一声佛：“简明府对皇后殿下一片赤诚，只是却不知领着谁的俸禄呢？简明府其实尽可以把我今日所作所为告诉皇后殿下，由殿下转告圣人。端看过几日我的脑袋还在不在我的脖子上，便可知我的立场了。”

他抬出了皇帝来，简曦无言以对，略一踌躇，对文心说：“你岂不知那件东西若追不回来，便要天崩地裂？”

文心说：“前两天我和两位僧人赏梅喝酒，他们从新罗来，向玄奘大师学大乘《新唯识》。”

简曦问：“你说什么？”

文心说：“他们分别是僧义湘和僧元晓。途经唐项城过夜时，两人遇到一场大雨，就进了一处洞穴躲避。夜半睡醒，元晓觉得口渴难耐，正巧摸到身边有半瓮清水，端起来喝了。那水清洌甘甜，是元晓毕生喝到过的最好喝的水。等第二天醒来，天晴了，元晓一看，昨晚喝的哪里是什么瓮里的甘露，而是蓄在一只骷髅头骨里的积水，当下呕吐起来。”

文心说：“简明府，甘露与秽水，存乎一心而已。人世间其实并没有哪一事、哪一物、哪一人能使得天崩地裂，崩裂的不过是七情六欲之心，除此以外，天崩地裂便也等同于云淡风轻。”

简曦说：“若不是亲眼所见，某真不知文心和尚修为竟如此高深。某向来所听，竟然都说文心和尚和妓院老鸨夹缠不清，岂不可笑？”

听到这样的挑衅，文心反而一笑，衬着他两弯细眉与一点殷红的观音痣，十足冶艳。

简曦只得挥手令两边城墙上的弓弩手尽数退去。

文心领着叶知秋离去，口中自语般念叨：“珠玉蒙尘，明镜染污，不亦别样美哉？”

叶知秋觉得自己每多见文心一次，就越发看不清他。一开始这人确乎是个不守戒的妖僧，比普通人之中的酒徒色鬼还不如，但现如今，听他和简曦一番论辩，仿佛是简曦使出了凌厉剑法，世间破此剑法者有千百种，而文心的招数却天下无双：

他将自身虚化为一道幻影，如雾气般消散，简曦的一剑封喉就没了用武之地。

文心带叶知秋走出长巷，回头见叶知秋探究的眼神，不禁莞尔：“小叶，你可别听迷怔了，我骗人的。”

“什么？”

文心说：“我当和尚，是我喜欢钻研大乘佛法，与宋二爷夹缠不清，是我喜欢她，喝酒吃肉逛青楼，也都是因为喜欢，和悟不悟道都没关系。”

这……叶知秋不禁问：“文心，你到底是什么人？”

“小叶，”文心说，“你听说过‘十三棍僧救唐王’么？”

何止听过，简直是如雷贯耳。几乎所有说书人讲到皇帝当年还是秦王时，为打天下而东征西讨，都绕不过“十三棍僧救唐王”这一精彩段落：话说当年秦王带兵打到洛阳附近柏谷坞地界，那时王世充镇守洛阳，与秦王殊死交战，秦王一时陷入险情，洛阳附近少林寺派出寺中武学造诣最高者棍僧十三人，深入重围，杀出条血路，将秦王救出。秦王为此特赐地产四十顷、水碾一具与少林寺，如今人们去少林寺仍可瞻仰这些御赐。

叶知秋没想到文心竟是当年风云际会时的豪杰：“你竟是……”

文心说：“我当年就在柏谷坞。”

叶知秋肃然起敬：“没想到你是……”

“那时我是王世充的侄子王仁则手下的轘州司马，”文心搔了搔眉毛，说，“王仁则为屯兵，霸占少林寺在柏谷坞的地产。和尚们气不过，但又不敢硬碰硬地打，这时秦王带兵攻打洛阳，而我正巧和王仁则的宠妾私通，怕被发现，就暗地里和和尚们联络上，绑了王仁则送到秦王军中。王世充在洛阳城内，原本打算好和王仁则成夹角之势里应外合，被这么一搅和便不成了。秦王顺利拿下洛阳后，将原本少林寺的四十顷地产还给了少林寺，还加赐水碾一具。”

叶知秋眼前发黑："那十三棍僧救唐王……"

文心说："不知道谁胡诌的，编得还挺精彩。"

"那你后来……"

文心叹了一声："我算立了功，秦王要封官，幔州司马本是个闲职，他想让我当洛阳令，我不想干。这时我的相好——就是王仁则的宠妾难产死了，我没了挂碍，就出了家。"

文心看了叶知秋一眼："可惜，一旦入了局，抽不抽身就由不得我了。我云游挂单时被千牛府认了出来，还发现我会般若掌，那时皇帝刚发现隐太子遗党，正筹划，我就又被牵扯了进来，偏生皇帝还特别信任我，无可奈何，修的是菩萨行，却入了修罗道，不入又如何呢？我给皇帝扫除谋逆，总比千牛卫下手死的人少，小叶，你不是总苦于抓不到我杀人的踪迹么？有千牛卫替我善后，我能留下的，也只有杀人魔头这个称谓啦！咳，早知道当初辞官时就该要个几百金，皇帝大概就能痛痛快快地与我割袍断义了。"

"所以，小叶，"文心对叶知秋说，"你千万不要入局。"

不知为何，叶知秋回想起谢蓬莱死前手指指他，然后又指天的动作。

文心说："小叶，你还记得我跟你说过，有人要杀你——"

"让我小心一片雪、一朵云和一盏灯，"叶知秋说，"一朵云是楚云君，一片雪是你的'雪娘'、北堂的宋二爷，一盏灯我却还没明白，我猜是……皇帝或者长孙皇后？"

文心摇头，伸手指了指叶知秋胸口："那一盏灯，是你的心灯。"

"小叶，我希望这心灯能带着你走上生途，而不是死路，"文心说，“世间诡秘千万桩，岂能样样都弄清？与其心镜蒙尘染污，倒不如什么都不知道，方可见生途。”

“小叶，很多事我不告诉你，不是不能，是我不愿。我希望你也不要去追究，至于其他人告诉你什么，交代你什么，你若不去理会，便无人能奈何你。你不要入这个局，尤其是在你对‘江湖是什么’都还不清楚的时候。”

文心说完这些便离开了。

叶知秋回到落英院时正午都还没到，却让人觉得过去的时间长如半世人生，叶知秋提起门环时，第一次注意到门环上竟生了点锈。

叩门良久，却无人应答，叶知秋稍一用力，门竟自开了。

小院里草痕青青，丛竹细细，一个人也没有。

别说楚云君，连几个丫鬟下人也不知去向，几间房都收拾得干干净净，但一封留书也没有。

经历了一早上的变故，叶知秋此时只觉心中空空茫茫，几乎是无知无觉地来到了北堂。没到上灯时分，北堂也颇寂寥，叶知秋问管门的老苍头：“北堂也关张了么？”

老头讶然：“相公这说的什么话，北堂好好的关张做什么？”

“那……我找宋二爷。”叶知秋说。

“那您只能留个口信在这儿了，”老头说，“宋二爷回老家办事去了，指不定什么时候回来呢！”

“她老家……”

“远着呢，蜀地，凤州。”老头说。

凤州，叶知秋心里冷笑了一声，恐怕凤州城门朝哪儿开宋二爷都不知道，她老家可不在那里。这就是说，宋二爷和楚云君一起消失了。

叶知秋想起文心是宋二爷的相好，说不定知道她们都去了哪里，但紧接着就又想到，他也从来不知道文心的去处，找文心从来都是在北堂留口信。

叶知秋浑浑噩噩地往外走去，这时北堂旁边一间茶亭里恰有人在说书，说书人声音苍老沉郁："……自是一夜软玉温香不提。等第二天醒来，只觉冷风簌簌价扑面，冻得人浑身筛糠一样地抖，那书生还道婢女昨晚忘关了窗户，等睁眼来一看，吓！哪还有什么雕梁画栋，金盏银杯，锦衾绣褥，美姬妖童，四下里累累堆堆，好大一个乱葬岗，自己呢，正睡在一个无主坟头上，手里抱着的哪是什么美娇娘，分明是一块棺材板！"

周围散立的几个听众愣过之后便鼓掌叫好，这时今晨临别时楚云君说过的话，响在叶知秋耳边：我若走了，便是去了江湖。若有一天你终于想起来找我，就去江湖找。

她原来是在诀别。

似是必要以这尚能承受的痛苦为引，一阵深沉猛烈的钝痛才能从叶知秋心底轰然而起：秦抱鹤、风四、谢蓬莱、周全，一个个名字轮番涌上心头，一霎轻如朝雾，一霎又重达千钧，彼此撕拉牵扯，叶知秋感到，此时他只有一张薄薄的皮囊是勉强完好的，内里早已鲜血淋漓，千疮百孔。

而照文心说的，他这样，甚至还不算"入局"。

那怎样才算？！

人极痛彻时，只要能消解这痛一分，哪怕是用另一种痛来覆盖也在所不惜。

叶知秋握紧拳头，朝自己的旧宅奔去——那里有张一丈的遗物。

或许文心会说，千万别去，那是一剂“入局”的毒药。

但对叶知秋目前所承受的剧痛而言，亦是最后一根稻草。

12

一尺素

叶知秋的旧宅位于西京东面的富春里，是一间两进深的院落，跨院中有一棵槐树，树龄有三四十年，树干上长了几个树瘿，倒还算健壮，每年春天都开花。

张一丈留下的“那件东西”，据说就埋在槐树根下。

自从卖掉这间宅院，赎下楚云君那间落英院，叶知秋就再没有回旧宅来看过。当时卖得急，委托掮客低价割让，也没问买家具体情况，只知是一户来西京做生意的丝绸贩子，叶知秋不愿惊动他们，向四壁邻居打听到这商户过两日要外出办货，便算准了时间偷入无人的宅院。

叶知秋用随身唐刀蹑手蹑脚掘开树根边的土地，果然挖出一个油布包裹。叶知秋揣了包裹，将土依样填回，却听到前门传来车马人声，动作似颇利落，眨眼就有脚步声到了眼前。情急之下，叶知秋闪身躲入了最近的一间堂屋，进门一瞥，如遭雷击！

房中一应布置都普通且陌生，唯有墙上一副对联他闭着眼睛也能一丝不差地描摹出横撇竖钩的笔画：

莫愁前路无知己，

天下谁人不识君。

这副字冷冷地打量着叶知秋。

杂沓的脚步声传进跨院，叶知秋从门缝中看去，只见师父——前大理寺卿荀深吾走了进来。

师父两鬓比云游前更花白了些，模样也更清癯，他身边一个商贾模样的人正微微弯着腰，恭谨地向他回报："正如军师所料，他们为了找出'尺素书'，抓了我们很多人，又派出许多探子跟踪搜查，但我们这边硬是什么动静也没有，他们便无从下手。"

荀深吾点头，常年皱眉思索的习惯使他眉宇间有两道很深的竖纹，他对那商贾说："郑显，你可再多放一批囮子出去混淆视听，春猎眼开着开始了，计划好的事不能出丝毫差池。你也知道，那边嗅到了风声，我的所有弟子，除了那欺师灭祖的两个，还有他们不敢动的叶知秋，其他全都亡了身。陇西公一门冤魂，加上新的血债，报仇雪恨在此一举……"

荀深吾忽然住了口，蓦地朝叶知秋藏身的书房门扉投来一瞥，目光锐利深刻，一如鹰隼，叶知秋一个寒噤，本能地用上了龟息法，暂停呼吸脉搏，连眼珠都不敢错一错。

极其漫长的片刻之后，荀深吾才把目光缓缓收回。

郑显说："宋二爷那边传信问，千牛府最近咬得很紧，恐有纰漏，要不要把那些硬刺拔一拔？"

"不用，反而坏事，"荀深吾说，"皇帝打仗落下的痼疾去年冬天发作得比往年都厉害，脾气越发差。千牛府虽然嗅到了义军一些端倪，但没有确切根据前不敢上报。更兼之出了谢蓬莱是逆党一事，丢人丢到自家门，更不敢捕风捉影把自己牵扯进去。”

郑显说：“他们会不会为了居功铤而走险？毕竟十三卫彼此攀比竞争很激烈。”

荀深吾说：“越是这样他们越不敢妄动。”

郑显有些糊涂，叶知秋心中却一片雪亮：十三卫中，千牛卫人数最少而拨款最多，俸银居首；又最为亲近皇帝，千牛府左右将军二人、左右中郎将四人、左右千牛备身二十四人，这三十人都有向皇帝面呈事务的资格，比起十三卫中同品级者可说是趾高气扬；正因与皇帝亲近，千牛卫的选拔向来只选官宦子弟，下级官吏、士人与白衣均无此机会，由此异常遭人嫉恨。

近年来屡有御史谏言精简千牛府，有激进者甚至提出去掉千牛府，并入九寺中的卫尉寺。卫尉寺是管仪仗的花架子，这谏言虽说糟践千牛卫，却也不是空穴来风：卫尉寺本就是皇家卫队，正是千牛府的崛起才将其排挤成了花架子的仪仗队，叶知秋平时和卫尉寺有来往，深知那伙人正愁找不到机会出头。

荀深吾对郑显说：“我们一旦和千牛府正面杠上，等于是给出了坐实猜测的证据，我们若按兵不动，越是放任跟踪打探和抓人，千牛府越不敢把事情捅出去。”

郑显叹道：“但愿如军师神机妙算，只盼天助我等。”

听了这奉承，荀深吾木雕般的脸上毫无表情：“天助？天早就不管人间疾苦了。我更没什么神机妙算，不过是把我最聪明的弟子送进千牛府，让他花十来年工夫搅动起一池子浑水罢了。”

郑显道：“原来千牛府有今日是军师早就埋伏下的……”

荀深吾一哂：“要是陇西公当年肯听我劝……”他说话平静无波，脚步却陡然加快，飞步至书房一脚踹开门，然而房内一切如常，并没有生人来过的痕迹。

“你说前几天叶知秋向这里的街坊打听我的行踪？”荀深吾问郑显。

郑显点头道：“但他似乎并不知道您住在这里，只是打听这座宅子主家的行踪，不知是为什么。”

荀深吾便不言语，只看着墙上挂的两句诗出神。

叶知秋胡乱进了一家客栈要了一间上房——落英院他是不想回去了，空荡荡的院子，外面还不知埋伏着谁的眼线。锁上房门，他把怀里的油布包拿出来，打开，里面是一幅素绡，上面一共写了七列字，每一列字细看去都由一个个名字构成，短则四五个，长则七八个，叶知秋仔细看去，发现这些名字他一个也不认识。除此以外，这幅素绡上没有其他的字句了。

叶知秋在大理寺干了近十年，办过许多牵涉江湖的案子，可说黑白两道都很熟稔，许多人即便没打过照面，也听说过。

如今这份牵涉重大的名单里，他所认识的名字却只有两个。

还是两个死人。

胡不归。岑深。

一个是早年平定薛延陀部叛乱时战死的六师兄，另一个是生病早夭的八师兄。

敲门声冷不丁吓了叶知秋一大跳，吼道："谁？！"

"客官，您要的茶泡好了。"小二说。

茶汤滚烫，叶知秋却一杯接一杯地喝了个底朝天，楚云君诀别时和谢蓬莱死前说过的话一遍遍在心里计较过，他最终决定遵照谢蓬莱所说，再次来到富春里旧宅，把这份东西交到师父手上。

师徒俩只分开了一年多，再见面时，叶知秋却觉得有一块坚冰横置在两人之间。

然而荀深吾一句话，便轻描淡写地击碎了这块冰："听说你被相好的甩了？"

叶知秋顿时结巴起来："师父您老人家听……听……听谁……"

"听说你欠了妓院一屁股债？"

"已……已经还了……"

"听说你跟一个六根不净的荤和尚成了至交好友？"

"也说不上是好友……"

"听说大理寺今年擢升的名单里，还是没有你？"

"师父，我觉得名利其实只是身外之物……"

"知秋啊，"师父叹了一声，"艰难时世，多事之秋，你小子没死就好啊，可惜，只剩了你一根独苗啦……"

相处久了，即便看不透一个人到底是什么身份，有什么打算，却绝对能看得出他脸上的情绪是真是假，所以这一声叹息之后，叶知秋觉得眼眶酸热起来。

荀深吾从叶知秋手里把素绡接过来，看也不看就引烛火烧了，道："前两天回来，为什么不露面？一顿晚饭为师还是管得起的。"

叶知秋说："没……没想到是您老人家，挺意外的，来不及多想，就先走了。"

荀深吾说："那今天还走不走？"

"来都来了，"叶知秋说，"蹭个饭也吃不穷您老人家罢？"

荀深吾笑骂："贫嘴。"接着说道，"听说我老头子走了不久，你小子就无法无天了。你自己说，从过年到现在，请了多少病假了？怎么，大理寺卿不是我也不是你大师兄，没有轻省的好活计给你，就撂挑子不干了？"

谢蓬莱的话针刺般历历在耳：师父要是让你留下，不管是什么原因，你都千万不能留，远走高飞，哪怕去瀛洲、大食，走得越远越好。

叶知秋便笑嘻嘻道："师父教训的是，我明天就老老实实滚去官署。"

荀深吾点点头："今晚就住下罢，本来就是你的宅子。"

叶知秋为难道："我约了北堂的水似云姑娘……"

荀深吾状似无意地瞥了他一眼，挥挥手："行了，去厨房说一声想吃什么，吃了饭赶紧滚。"

叶知秋嘻嘻一笑，荀深吾说："哦，对了，你最近实在不像话，给我收收心。卫尉寺要是向大理寺借调春猎的人手，不许你去。"

"春猎"两个字听入叶知秋耳中，像一记炸雷。

他忍了忍，终究没忍住，问道："师父，你知不知道楚姑娘在哪里？"

荀深吾被逗乐了："你的相好你来问我？"

叶知秋也挺无奈："要她光只是我的相好，我也就不麻烦您老人家了。"

室内一时静默下来，荀深吾的目光在关门弟子的脸上巡视了两个来回，见他既不退缩，也没有无谓的顶撞，慢悠悠地说道："你要是不去春猎，那么我估摸着，春猎结束，你就能见到她了。"

"可是她跟我说，她去了江湖，"叶知秋语气平静，"但我认识的那个荤和尚问过我一个问题，我一直也没能答上来：他问我'什么是江湖'。所以师父，我猜我可能见不着楚姑娘了。那个荤和尚还跟我说过，说谎的人是要进阿鼻地狱的。"

这一番大不敬的暗指令荀深吾面上隐现出怒色，但不等他发怒，叶知秋便说道："我看，我还是回去替我的楚姑娘多烧烧香罢，免得她因谎话连篇被小鬼拖进地狱，我也怪心疼的。"

荀深吾只得按捺下怒气。

吃饭时叶知秋又提起一茬："师父，你当年怎么收养我的来着？"

"路边捡来的。"荀深吾说。

"那书房那副'莫愁前路无知己'的对联又是怎么回事？"叶知秋问，"永安镖局的程龙头怎么好像认识我，难不成，他是我爹……"

一碗热汤浇了叶知秋一脸。

荀深吾收回碗："你不用吃了，去书房跪着，背《南华经》，清清心。背五十遍，背完自己滚。"

叶知秋拿袖子抹了把脸，蓦地扑通双膝磕在地上，声音却仍然很平静——几位师兄亡故之后，这世界上似乎已没什么事能刺激到他了。他说："师父，我到底是哪里来的——七师兄谢蓬莱死前以手指我，又以手指天，是为什么？我不敢想，也不愿想，希望师父能告诉我。”

然而荀深吾像文心一样，终究没透露任何事情，任由他在早春寒夜的砖地上跪到半身麻木，谢蓬莱死前怪异的手势在他面前一遍遍重演，还有与左无恙的那场混战中零星刮进耳朵的片段：什么叫皇上下不定决心要不要杀他，而长孙皇后却会对他格杀勿论？

什么叫“莫愁前路无知己，天下谁人不识君”？

叶知秋想到楚云君曾带他去永安镖局，她对他的身份也有猜测，那她证实了猜想没有？

问题的答案，谢蓬莱是知道的，但他来不及说就死了；左无恙和简曦也知道，但他可没本事从他们俩口中套出来；师父也知道，却把嘴巴闭得像个蚌壳；文心也知道，却打着为他好的旗号，同样把他蒙在鼓里。

叶知秋活了快三十年，一朝醒来，忽然发现自己的人生是一场镜花水月，他连自己究竟是谁都不知道；又如浮花浪蕊，身处一场诡谲狂乱的风波之中，连风向与浪头都不曾看清，便已失去兄弟、情人、师父——一切，而如文心所说，他甚至还未曾真正地入局。

13

叶知秋很久没有一个人喝得酩酊大醉了。

从夜鹞子家里出来，他找了一家酒肆，打算泡死在酒汤里，以此挨过接下来的五天。

夜鹞子是个江湖掮客，专事贩卖各种消息，谢蓬莱进千牛府以后，叶知秋就很少和这种人打交道了。

夜鹞子原本说好半个月后给叶知秋消息，叶知秋告诉他，平康里有一所落英院，三进深的宅院，设计营造者乃是阎立本的高徒，而他的要求是，夜鹞子三天内就给他回复。

“找两个死人可比找活人难多了，一不小心招惹了黑白无常，在下的魂可就给勾走了。”夜鹞子说。

最后他们说定五天内给出回音，落英院归夜鹞子。

叶知秋望着碧沉沉的酒液，心想：要不要回落英院看最后一眼呢?

那个早晨，楚云君在诀别，他在准备赴师父的生日宴，两人的对话看起来平静如常，却潜藏着深流，一句句都像是预言，楚云君转身离去时，那一截脖颈莹白得仿佛要融化在清晨的雾气之中。

一直滥饮到傍晚，叶知秋摇摇晃晃走回平康里，落英院门扉紧闭，一片荒凉的寂静，吱呀一声，叶知秋推开门，却发现夜鹞子坐在院中，闭目养神，肩头积了一层薄雪。

他脸上隐隐透出青气。

叶知秋走过去，脚步虚浮，刚一扶上夜鹞子的肩膀，夜鹞子就嘭的一声砸到地上：已经冻硬了。

醉意登时去了一半。

刚才被夜鹞子挡住的椅背现在露了出来，上面写着一个字：莫。

莫什么？

难道这是夜鹞子死前留给叶知秋的消息，杀他的人姓莫？

还是凶手留下的警告：莫……要多管闲事？莫……非你在找死？

死人叶知秋见得不少，他将夜鹞子从地上搬起来，绕到尸体身后时，他看见了椅背反面还有一个字：天。

叶知秋定定地盯着椅子，被烈酒强行焐热的肺腑一层层冷了下来，风刮过来，如铁片贴面，他认出了这两个字：

莫愁前路无知己，

天下谁人不识君。

一声尖叫刺得叶知秋猛一激灵，他回过头，一角红衣从院门外一闪而逝。

叶知秋起身便追，巷子口红影一闪，叶知秋轻功已经非常了得，红衣人却跑得比他还快！

叶知秋运起十成功力，发足狂奔，两人间的距离越来越近，夕阳的余光中，叶知秋看到那竟然是个扎总角小辫的女童，红衣红裤，鹅黄的腰带，脖子上的项圈银光闪闪，她扭头看见叶知秋离她不到一丈远，尖叫一声，忽然把手指塞到嘴里，吹了一声极响亮的呼哨。

眼见要追上她，叶知秋向前纵跃，伸出手臂！

一道人影从旁蹿出，差一点就把叶知秋撞飞，叶知秋吃了一惊，却见到来人和女童差不多身高，身材却阔出两倍，这人穿着黑袍，戴着帽子，跑步如飞，竟两步就超过了叶知秋，拎起女童往背上一架。他跑动的姿势实在古怪，弓着背，手脚并用，却快得像鬼魅一样，几个起落就将叶知秋远远甩在身后。

女童骑在侏儒背上，紧搂住他脖子，咯咯直笑："白老头，快点，再快点！风凉丝丝的好舒服！"

"白老头"不说话，一纵身，竟从平地上直接跳上了一栋房子的屋脊！

天下还有这样可怖的轻功?

在彻底消失在叶知秋视野里之前，白老头回过头来望了叶知秋一眼：他有一张长满白毛的脸，所谓的"白老头"，乃是一只苍髯老猿。

"给你吃罢！"屋脊那边传来清脆笑声，凌空落下一只小巧的荷叶包，里面是一块糯米糕，叶知秋拿着这块不知所谓的糕点回到落英院，夜鹞子却不见了。

本应空寂无人的院落内，南边厢房却亮着一支暗幽幽的蜡烛，如豆的火苗透过窗户纸，不住地颤抖着。

叶知秋欣喜地推开门："楚……"

并没有什么楚云君，只有和尚一枚锃亮的光头。

文心擒着蜡烛，床榻上放着夜鹞子的尸体，和尚的佛珠还挂在手掌上，看样子刚给夜鹞子念过《往生咒》。

他的目光落到叶知秋手中，叶知秋尚捏着女童给的荷包和糯米糕。

文心目光一动。

“你认识这个？”叶知秋说。

文心伸出手：“小叶，给我看看。”

但叶知秋早已看明他的目光，他当着文心的面，大大方方把糕塞进嘴里，可惜不好把干枯的荷叶也一并嚼了，只得不情愿地递给文心。文心拿着荷叶叹了一声。

这时叶知秋从糯米糕里嚼出来一团纸。

他不动声色地抹抹嘴巴，把纸吐到手里。

“你怎么来了？”叶知秋问。

“听说你回落英院，我来看看。”文心说。

“看出了什么没有？”

“看见一个也是不小心入了局的人，横死在不该归他的宅子里。”文心说，“两军交战不杀来使，夜鹞子这样的江湖掮客，原本三不沾，是能安安逸逸到老的。”

“很多人都应该平安到老，”叶知秋说，“但他们现在都死了。”

“所以不如‘止损’。”文心说。

叶知秋冷笑一声：“不如你告诉我，楚云君在哪里。”

文心摇头：“小叶，我是来给你送东西的。”他拿出一个包袱。

里面是度牒，盘缠，新的户籍身份。

“天下之大，随你去哪里。”文心说。

叶知秋并不接受，他侧过身，手引向门外，下了逐客令：“恕不远送。”

文心叹了一声，离开前，他把荷叶交到叶知秋手里。

当文心的脚步声消失在门外，他握过的荷叶化为碎片从叶知秋指缝中簌簌而落，叶知秋摊开手掌，剩下的荷叶沿着叶片脉络，剪纸般在手中展开成四个字：应无所住。

又是虚妄的佛语。意在教导人不要滞留，要不断向前，好像旧情、故宅与记忆里的人，都像是偶然拈在手里的枯荷叶，说扔也就扔了。

叶知秋冷笑一声，甩了两下手，这“剪纸”就飘到了门外，立刻被风卷走了。

叶知秋展开藏在手里的纸团，纸上还粘着糯米屑，字迹已经洇化了，倒还看得清，写着：三更天，中渭桥。

一个隐秘的邀约，邀请一个孑然一身的人。

落英院中寂寂无声，仿佛过往一切情爱只是一场幻梦。

而此时，楚云君就站在院墙外，在文心出来之前，她匆匆离开了。

文心的光头在月亮下闪闪发亮，他跨出院门槛，望着雪地上逶迤远去的秀致脚印，轻声念道：无量……寿佛。

寒冬里的三更天，四周只有朔风呼啸而过，连夜鸟都冻哑了嗓子，一点声息都没有。

叶知秋踽踽独行，幽咽的水声不时传入耳际，使他想起风靡一时的恐怖传言：坊间传说黑白无常实际是一男一女，男子为黑无常，常入死者家中勾魂，女子为白无常，却要主动得多，她喜欢用一枚槊枪头扎人心脏，再夺走魂魄。

走夜路的人有时会看见她蹲在河边洗她饮过血的凶器。

架在渭水河中段的那座石桥，就是中渭桥。

叶知秋并不知道在这样的夜深人静时分，自己要来这里找寻什么，他攥着纸条，沿河边盲目地前行，河水反射出乌沉沉的光斑，慢慢地，传来了细细的歌声。

歌是寻常的曲子，是妇人们在河边淘洗衣裳时常唱的《子夜歌》，这样一个深夜，竟也真的有一个女子蹲在中渭桥下，两条瘦伶伶的胳膊浸在水里，手中传出水声。

叶知秋走近时，发现那水声并不是她洗衣服所致，她手中濯洗的，是一枚银亮的槊枪头，枪头上并没有血迹，不知是否已经被洗刷干净了。

在叶知秋的影子触到她的袖口时，她手里的动作停了下来。

叶知秋退了一步，握紧腰间的刀，问了一个很蠢的问题："你是白无常？"

"你不是夜鹞子。"白无常说，她并不起身，叶知秋看不清她的面目，却听她继续说，"你是大理寺太祝，叶知秋。你的师父是荀深吾。你有八个师兄。"

白无常顿了顿，说："但死了五个。"

秦抱鹤、左无恙、凤四、周全、谢蓬莱，五个人，她没算上胡不归和岑深，仿佛她真有一本阎罗殿的勾魂簿，写明了每个人的来龙去脉。

“我不会功夫，”白无常说，“你可以放心地把手从刀柄上拿开。”

说这些时，她始终蹲在河边，头都没抬，槊枪头浸在河水中：“有人传闻说我是白无常，但我姓杨，单名一个幻字。”

“幻梦的幻？”叶知秋说。

“幻灭的幻。”杨幻儿说。

叶知秋的手始终没从刀柄上拿开：杨幻儿当然不是白无常，但她却穿着一身白麻重孝，头上戴的花，耳垂上戴的坠子，还有脖子上挂的璎珞，全是纸做的。

“夜鹞子托你帮他查消息？”叶知秋问。

杨幻儿不答，她从刺骨的河水里捞起湿淋淋的枪头，用布仔细擦干净，那手法简直像在逗弄一只心爱的小猫，她把枪头揣进怀里，叶知秋等得不耐烦了，正要再问一遍，杨幻儿起身了，看着叶知秋——或许也不能说是“看着”，杨幻儿生着一对浅灰色的眼眸，她是个盲女。

“我看不见，也听不见，”杨幻儿说，“但一个人行动时空气中传来的细微震动，和他传出的气息，却能使我辨认出几乎所有人，所以我喜欢夜深人静的时刻。叶知秋，夜鹞子死了么？”

她向叶知秋伸出手，纤白细弱的手，因浸了河水而冰凉如玉，叶知秋略微犹豫，在她手心写了一个“是”字。

杨幻儿点点头：“走罢。”

“去哪里？”叶知秋问。

杨幻儿感觉到叶知秋的脚步滞留在原地，没有跟上她，说道：“去你付了钱让夜鸥子挖地三尺找出来的地方，你是主顾，带你去和带夜鸥子是一样的。”

叶知秋仍没动：“你是什么人？”

他把字写在杨幻儿手心里，杨幻儿一笑——这一笑使叶知秋发现她生得其实很美，楚云君的美是秾艳，布满细刺，杨幻儿却显出一种疏离的纤美，她眉眼细致，走在寂寥的隆冬月色下的身影，竟像是用一层最薄的琉璃浇铸出来的，一触即碎，因而不得不裹上层层纸衣作为保护。

面对叶知秋的问题，她给出的回答是：“我是你妹妹，久疏问候了，哥哥。”

她的声音中没有一丝兄妹相认的欣喜，也很难说有任何一种情绪，寡淡得令人无从揣摩，她似乎都不在乎叶知秋是否相信。

天色渐渐朦胧，有转白的迹象。

路越走越荒僻，却也越走越熟悉。

叶知秋发现，杨幻儿带他去的地方，他竟然早已去过多次，他甚至能背出悬在门口那块木板招牌上的字：一年四季，一季一张，先到先得，价高除外。

是何许人在帝都郊外的住处。

何许人做两种生意，帮人易容和做易容面具。他的面具以假乱真，可反复取用，一个季度才能做一张，一年四张，一张卖一百金——但据说这个价钱从来也没真的卖过，预订的时候，谁出的价钱高，何许人就接谁的活。

何许人的宅院在山中，临靠一条清澈溪流。他死了月余，家仆散尽，叶知秋推开虚掩的柴门，门扉发出异样的声音，接着嘭的一声，朽烂的木门直挺挺倒在地上，摔成了两半，惊起院中一地野雀。

秦抱鹤死后，叶知秋曾来这里探查过线索，秦抱鹤死于凤四之手，何许人又是谁杀的呢？

然而谢蓬莱没有告诉他千牛卫调查的结果，他自己去找，将早已翻得一片狼藉的宅院重新翻了一遍，意料之中的一无所获。

何许人和胡不归、岑深有牵连？

又聋又瞎的杨幻儿是怎么知道的，她的消息可靠么？

她到底是……什么人？

“你站在门口，不要打扰我。”杨幻儿说，轻轻走入门去，从袖中掏出一把蓍草。

她走路时无声无息，如果不是她的呼吸细弱无力，叶知秋一定会怀疑她会某种极高妙的轻功——她走过的地方，连地上的枯叶都没有颤动。

蓍草大多被用来占卜，杨幻儿却把它当作算筹，她走几步，就蹲下身用手中的蓍草摸索计算，叶知秋只能粗浅看出她大约是在算某种八卦方位，叶知秋看了一会儿，发现她在用这种方法计算路线，这样她在何宅中的每一次搜索都不会重复，也不会漏过任何一个地方，比长了眼睛的凡夫俗子更精确。

不多时，叶知秋就见她站在正方门口，向院门外招手：“进来。”

杨幻儿在何许人卧室五斗柜的抽屉里发现了一个布包袱，打开来，里面竟裹着这一片瓦，瓦上不知是有意还是无意，有几道长短不一的刻痕。

叶知秋愕然：这样明显的东西，自己当初搜查时竟没发现？不光是他，当时千牛卫搜查时，也漏掉了这么重要的证物？

杨幻儿却摸索着瓦片上的刻痕，然后用蓍草算了一番，转身向院外走去。

“去哪里？”叶知秋问，话问出口才意识到杨幻儿听不见，伸手去拉她的手腕时，杨幻儿拂袖避过——这女孩子竟敏锐得远胜于常人。

出了院门，杨幻儿向北走了十一步，指着地下，对叶知秋说：“把这里挖开。”

叶知秋刚要问，杨幻儿说：“挖开就知道了。”

叶知秋以刀为铲，竟从土里挖出一个小巧的绣花荷包，里面装着一枚精致的银哨子。

杨幻儿拿过银哨，吹响两声。

吹完哨子，杨幻儿席地而坐，叶知秋不知道她在打算什么，但对着一个又聋又盲的少女，实在很难让人起戒心，叶知秋拍拍她肩膀，杨幻儿伸出手，叶知秋写道：“现在等什么？”

“等回音，如果有的话，你要买的消息就有着落了。”杨幻儿说。

叶知秋问她：“你怎知何许人家中有瓦片？”

写完字，纤细冰凉的手指却缠上了他的手腕，杨幻儿顺着叶知秋的指骨一寸寸地摸索而上，杨幻儿的年纪看样子不过十六岁，以她的年纪，这样的动作实在逾矩至极，偏偏她做得全无情色意味，仿佛叶知秋的手不过是一截竹子，她抚触的地方也奇特，顺着叶知秋的手臂向上一直摸到胳膊肘，然后手指就在手肘左右摸索，她手指冰凉，叶知秋觉得像是一块冰碰到自己的皮肤，化成了水，静静地流淌。

“在我身上找什么？”叶知秋问杨幻儿。

“我上一次见你的时候，你比现在矮一尺多。”杨幻儿说。

她“见”过他？杨幻儿的目盲并不是天生的？

“我有时候会去看你，”杨幻儿说，“当然，不是普通人的那种看。我看你用的是肩膀、鼻子和耳朵。我听你的脚步声，估量你有多重了，功夫精益了多少；听你说话的声音，动作的快慢，判断你的脾气和心情，然后，在你不注意的时候，我走过去，用右边肩膀，有时候是胳膊，去碰你的手肘，这样你大概多高，什么体格，我就知道了。”

叶知秋完完全全惊呆了，他二十八个年头的人生之中，竟还有这样一个女孩子，以这样一种奇异的方式在“关注”着自己？难道说，她真的是他的妹妹……

“有时候隔一年，有时候隔三年，”杨幻儿说，她的眼中空洞无物，像两枚真正的灰色水晶，清澈得可怕，她无意识地望着天边，对叶知秋说，“每次去‘看’你，我就知道自己更难杀掉你了。没想到昨天晚上，你却主动找到了我。”

这样充满煞气的话，从她嘴里说出来却仍然寡淡无比，没有杀意，也没有任何感情。

叶知秋盯着她，不知道为什么，他现在不想去握他的刀了，少女身上纸做的装饰品在朔风中不住地轻颤。

“可是我却不能杀你了，”杨幻儿说，“我觉得很惋惜。”

“其实论理来说，我应该被你杀掉。比起你，我才是一个活着的业障。既然我不能杀你，这个就送给你罢！”这水晶魂魄般的女孩子望着空荡荡的寒天，平静地把出生以来就伴随着她的那枚槊枪头交到叶知秋手里，她的手是凉的，锋利的铁质枪头却被她的身体焐得微微发热。

“谁指使你杀我？”叶知秋在她手中写。

杨幻儿摇摇头：“他们都希望你好好活着，想杀你的，只有我。”

“为什么现在不能杀我了？”

杨幻儿一笑：“因为你入局了呀，哥哥。”

张脸

14

叶知秋背后传来很轻微的脚步声。

和杨幻儿轻盈的动作不同，这脚步声是豹子猎食时的那种轻，通过这微乎其微的脚步声，叶知秋能想见这个人的骨骼和肌肉具有何等精当的控制力。

他刚伸手去抽刀，杨幻儿却起身，从袖中抽出一条浅草绿的绸带："别动。你一动，老鼠就吓跑了。"

她把绸带系在叶知秋眼睛上，打完结，叶知秋感到少女向自己俯下身，带着淡淡兰花香气的少女气息在叶知秋耳郭飘过去，这时若从旁人的角度看，仿佛是这女孩儿在成年男子耳边落下一个青涩的吻。

好像只有这样，他们才更像一对兄妹。

然后叶知秋听见杨幻儿的声音向他身后传去："这就是我的诚意，从昨天到现在，我有大把的机会杀叶知秋，但我始终没动手。"

她的手从叶知秋肩头伸出去，很快又收了回来，似是完成了某种交易。

变故却在一瞬间发生，目力被剥夺让叶知秋的其他感官分外敏感，一瞬间他有些理解杨幻儿是什么感觉了——在听到对方兵器出手的叮当声时，他先感到一股凉意刺入了后脖颈。

他一手抱起杨幻儿，旋身而起，一手并没有抽刀，而是扯掉了蒙在眼上的丝带。

风声一紧，叶知秋睁开眼，那人已不见了。

方才杨幻儿蒙他眼睛的时候，在他耳边悄声说："那人可能要杀我，你如果愿意救我，不用出手，把这绸带摘了即可。"

那人不敢让叶知秋见到他的脸，说明两人认识。

叶知秋回顾那人的功夫路数，两人并未交手，对方速度又奇快，倒难以辨认。

"那人是谁？"叶知秋问杨幻儿。

杨幻儿问："我们在谁的家门口呢？"

叶知秋愕然：刚才那个是何许人？他不是死了么？

"一个人有几张脸，就等于有了几条命，"杨幻儿说，"何许人就是造脸的，你死了他也死不了。"

"你倒是一点不替他保守秘密。"叶知秋在杨幻儿手中写道。

"我替他保密干什么？他算什么东西。"杨幻儿说，"又要天大的好处，又不肯担一丝风险。他这样畏首畏尾，不过是自己怕死——即便给你知道了他是何许人，你又能据此干什么大事了？"

她说得太有道理，叶知秋一时竟无言以对。

"还愣着干什么，不去找你朝思暮想的师兄了？"杨幻儿抖了抖手中纸条。

纸条上写的不是胡不归或岑深的消息，但叶知秋一看见纸条却如遭雷击：那是胡不归狂放不羁的草书，他约叶知秋今天中午，在西市一间酒肆见面。

“都说什么了？”杨幻儿问。

“没什么。”叶知秋回答，“我送你回去罢，你住哪里？”

“你住哪里我就住哪里，”杨幻儿一笑，“你不是我哥哥么，叶知秋？”

奔波一夜，现在她的面色苍白，裹着孝衣，真像是那种专门烧化给死者的纸人。

天底下恐怕再也找不到像东市西市这样繁华的地方了。

杨幻儿走在摩肩继踵的人群中，却频频皱眉。她厌恶扑面的浊气，即便是深冬，流动在这里的空气依然显得热烘烘的，不过她走得倒是不费劲，这不全是因为她感觉敏锐，而是青天白日的，冷不丁见到一个姑娘浑身披麻戴孝，浑身的配饰全是纸做的，大家便自动自发地给她让出挺宽的一条路来，生怕冲撞了煞星。

叶知秋不是没提议过换一身衣服，杨幻儿却说：“我自从出生就穿这种样式的衣服。”

叶知秋彻底惊呆了，问她：“你知不知道你穿的什么？”

“孝衣，你莫非不认得？”杨幻儿问。

叶知秋绝倒：不是我不认得，是怕你不认得啊，姑娘！

“谁让你这么穿的？”叶知秋问。

“我母亲，”杨幻儿说，“我是遗腹子，在母亲怀我之前，父亲就死了。”

叶知秋不禁大为同情，但想了想，忽觉一道霹雳从头顶心劈到他脚后跟：什么叫父亲死在母亲怀她之前？！

“你是说母亲生你之前，你父亲就去世了罢？”叶知秋问。

杨幻儿摇头：“不是的，是怀我之前。”

那你父亲的魂灵看来是很厉害的了——叶知秋没把这句话写给杨幻儿，而是问了另外一个问题：“你说你是妹妹，那你父母，就是我父母了？”

杨幻儿却不回答，她问：“是不是到地方了？”

叶知秋却赶紧捂住她的脸，在她手心飞快写道：“别回头，别四面张望。”

西市热闹非凡，横竖交错的街衢之中，各种店铺林立，以叶知秋的广阔交游，在这里碰到个把熟面孔实在是在所难免，倒霉就倒霉在，偏偏是雍州府兵曹参军王暄。那老小子是个出了名的大嘴巴，又好奇心过剩，叶知秋今天带着杨幻儿这么个衣着别致的姑娘在这里喝酒，明天全京城就都知道他是个老牛吃嫩草的大淫棍，说不定看杨幻儿这一身重孝，还编出一套少女卖身葬父，叶知秋趁火打劫这样人神共愤的故事。

等胡不归出现，王暄再把他编排成和叶知秋一起猥亵少女的狐朋狗友，叶知秋想，到时候不用皇后殿下出手，全京城的侠义之士就都会来替天行道。

然而今年一整年叶知秋都没什么运气可言，尽管他正襟危坐，将毫无破绽的后背对着王暄，那老小子愣是大老远就跟一只闻到屎的苍蝇似的，嗡嗡怪笑着叮了过来。

“叶——知——秋！”他一掌拍得叶知秋肩膀差点儿脱臼，“这是上哪儿骗到手的漂亮妹妹啊？不厚道！”

他那一对老鼠眼睛朝叶知秋不停地挤着，还亲昵地低下头，凑在叶知秋耳边说：“卖身葬父，是不是？你小子滑头，占老大个便宜！”

叶知秋现在唯一不厚道的地方就是暗自庆幸杨幻儿又聋又瞎，他不耐烦地把王暄的爪子拍开：“滚远点儿，哥们儿今天有正经事！”

“得了罢！见色忘友的狗东西！”王暄笑骂，朝杨幻儿瞅了好几眼，“多少钱？哥哥添十两——啊，不，二十五两！够诚心罢？你让给我如何？”

叶知秋从桌上抓起俩核桃塞进他嘴里：“求你了，别来烦我！”

王暄吐了核桃，干脆赖坐下来：“别这么小气么！哎，说正经的，最近不许卖身葬父了你知不知道？这种事情从各个里坊统一报到府衙，府衙给他们发安葬费，尤其禁止官员以此为借口将良人买来充作家奴。今天是我好心看见了，否则别人参你一本，你那御赐的绯衣、鱼袋，就全打水漂啦！”

叶知秋两眼在进出酒肆的客人中急切地搜寻胡不归的身影，只怕胡不归看见叶知秋身边有这么个扰人的大乌鸦，扭头就走了。王暄还在聒噪：“你把人交给我吧，我带到雍州府去，漂亮姑娘北堂还不有的是么！”

叶知秋忍无可忍，出手点了王暄哑穴。

“穴道一炷香后自会解开，改天请你喝酒。”叶知秋照王暄屁股上踢了一脚，愣是把人撵走了。

王暄前脚走，杨幻儿后脚就站起来了。

一瞬间，叶知秋忘了她耳聋目瞎的事，差点儿以为她是气王暄出言不逊。

“走吧。”杨幻儿说。

“既然来了，再等等吧。”叶知秋说。

“还等什么？”杨幻儿说。

叶知秋不解。

杨幻儿也很惊讶：“人都见过了，你还等谁呢？”

叶知秋望着她，忽然心神剧震——这个时候出现在这家酒肆，反复向他讨要来历不明的杨幻儿，而之前总是和他自来熟，一见面就称兄道弟，始终存在却从不惹眼……

王暄他……

你确定是他？——叶知秋在杨幻儿手中飞速写道。

“我只知道他走过来时，脚步很谨慎，也很沉稳。”杨幻儿说，“而且快要走到我们身边的时候，他才深吸了一口气——那是准备要笑和大声说话了。如果只是熟人，他深吸气的时刻应当早得多，不会这么刻意。”

叶知秋拿起刀向酒肆外跑，如果王暄是胡不归事情倒好办，王暄能跑，他的住处可跑不了。

然而叶知秋刚跨出酒肆，空气中冷不丁寒芒一闪！

叶知秋抱起杨幻儿侧身闪避，三道银针贴着他手臂飞过，闪着鱼鳞般的光泽，叶知秋回头看去，人群熙来攘往，哪里能辨别出凶手？

“怎么了？”杨幻儿问。

“有暗器。”叶知秋回答。

杨幻儿问：“什么暗器？”

“银针，三根连发。”叶知秋说。

“什么样的光，”杨幻儿皱眉道，“波浪形的？”

“你怎么知道？”叶知秋说。

杨幻儿顿时抓住叶知秋衣领：“快走，他们少则三人，多则九人，你打不过他们！连荀深吾都打不过他们！”

然而她话音未落，四面八方高高低低忽然银针如流，向他们袭来，角度刁钻至极，且由于针形是波浪形，在空中不是直线来去，叶知秋即便觑到了来势，也判断不出它们的去向！

空中忽然叮当当两声，一根九节鞭从空中荡下，不偏不倚垂在叶知秋眼前——“抓住！”王暄蹲在酒肆屋顶上，叶知秋刚伸手抓住，他便发力将叶知秋和杨幻儿一起提到了空中！

“跟紧了！”王暄说完，向着酒肆背后的小巷一跃而下，叶知秋抱着杨幻儿紧跟其上，杨幻儿不知道事态如何，只得紧紧抓着叶知秋衣领。

王暄带着叶知秋在数十条偏僻窄巷中纵横穿插，一炷香的工夫，竟然真的把人甩开了。

叶知秋即便抱着杨幻儿，跑起来仍显得游刃有余，与王暄并驾齐驱。王暄看了他一眼，点点头：“轻功总算过得去。”平日里的赖皮样子一丝也没有了，一张圆胖的脸上竟显出十足的高傲与冷淡来，叶知秋绝世的轻功，在他看来不过是一句吝啬的“过得去”。

如果他一开始就是这样的神情，叶知秋可能早就看穿了他的底细，虽然面目迥异，现在他眼神中那股冷漠的意味却同叶知秋记忆中那个孤僻自负的六师兄"胡不归"一模一样。

"六师兄……"叶知秋叫道。

王暄不答，只带着叶知秋走入一条死胡同，胡同最里面有一户不起眼的人家，门上的铜环早已绿锈斑斑，门边靠着一根弯折的烧火棍。

王暄看了一眼杨幻儿，叶知秋说："她不碍事的。"

王暄哼了一声："晋王的密探，你倒说不碍事？"

叶知秋直发蒙："晋王？"——皇后长孙氏嫡出，皇帝的第九皇子？

但王暄似也知道杨幻儿又聋又瞎，不悦地瞥她一眼，不去碰门环，而是捡起烧火棍，强弱有序地敲了六下。

门应声而开，露出一张很素淡洁净的脸。

"师父。"女子说，对这两个生人骤然来到这间隐秘的院落并未感到诧异。

"六师兄，这是你徒弟？"叶知秋问，打量着男装打扮的女子，女子却并不多看他，那种拒人千里之外的气质简直是从她师父身上直接拓下来的。

王暄从她手里接过一只玉瓶，倒了一点暗赭色的油脂，不知什么东西提炼出来的，然后用热毛巾敷在脸上，毛巾褪下来时，上面粘着一张半透明的面具，圆胖脸孔的王暄不见了，取而代之的是面目清俊的六师兄，胡不归。

多年未见，叶知秋不禁眼眶发热。

胡不归却让女徒弟把杨幻儿带走，他关上房门，问叶知秋："尺素书呢？"

叶知秋一愣："交给师父了。"

"师父还曾给过你一个锦囊。"胡不归说，"在哪里？"

他目光像两道剑，毫不留情地刺向叶知秋。

叶知秋身上那股久别重逢的情谊慢慢地冷了下去，他揉揉眉毛，笑了一声："锦囊没带在身上，六师兄，要搜身么？"他大大方方地伸开胳膊，一副任君搜查的样子。

出乎意料的是，胡不归毫不客气地走过来，将他上下摸了个遍。

在他俯下身，查看叶知秋靴筒内侧时，叶知秋低头问他："六师兄，你不好奇其他几位师兄的近况？"

"死都死了，有什么可好奇的。"胡不归说。

"你战死的消息传来的时候，我们师兄弟几个都大哭了一场，"叶知秋说，"现在他们都死了，你却还活着。"

胡不归站起身：叶知秋身上的确没带锦囊。

室内列着一架宽阔的大屏风，胡不归不理会叶知秋，搜完身，径自转到屏风后面去了。

叶知秋摸摸身上的皮袄，锦囊平铺着缝在皮袄肩膀接缝处，幸而没被胡不归发现。他跟着胡不归走到屏风后面，胡不归正沉默地站在一面墙前面。

叶知秋一眼扫去，感到微微窒息——这恐怕，是天底下最云诡波谲的一面墙了。

墙上画着一张京城布局图，图上不同地方上钉着一些小木牌，上面写的名字叶知秋大多耳熟能详：既有平康里落英院里挂着“楚云君”和“叶知秋”，叶知秋的旧宅挂着“荀深吾”，北堂挂着“宋二爷”，还有城郊芙蓉园里“杨幻儿”和郊外无名山中的“何许人”，而最让叶知秋震惊的，是皇城内帝后二人以及太子一干人等的尊姓大名也毫不避讳地悬挂其中。

名字之间有错综复杂的丝线相连，叶知秋和楚云君之间原本勾连着一根红丝线，眼下这根丝线中段却被染黑了。

“这是什么意思？”叶知秋问。

胡不归瞥了他一眼：“楚姑娘没跟你道过别？”

“你知道她去了哪里？”

“知道，但不会告诉你。”

还有一些木牌是空白的，叶知秋翻起一片来看，发现背面原来写着名字：谢蓬莱。

然后他陆续找到了秦抱鹤、凤四和周全。

“这面墙，我连师父都没给看过。”胡不归说，“给你看，是要你帮我做件事。如果你答应……”

胡不归的手指在两块名牌上轻弹一记：“作为报酬，何许人、杨幻儿，你可以选择听取其中一人的底细。你意下如何？”

叶知秋的目光在墙上逡巡：“六师兄，这图上我没看见八师兄，他人呢？”

“这和你无关。”

“如果我不答应呢？”叶知秋说。

胡不归说：“我这个破院子不比落英院，进出可不由你。”

15 一线牵

大理寺积年的卷宗之中压着一桩不起眼的悬案。

那是远在叶知秋进大理寺供职之前多年的事了，因此叶知秋并没有听说过。

胡不归也只能说出案子的发生年月，叶知秋扎进大理寺卷宗库，吃了一天灰终于把案卷给翻了出来，上面记载的和胡不归说的差不多：十多年前，京城一户人家的儿子走失，报了官，官府查孩童失踪案，却顺藤摸瓜抓获一伙强盗，他们在兵荒马乱的年头里占山为王，养成了吃人肉的癖好，太平年头不能随便吃人了，就雇人贩子专门盗买孩童来打牙祭。

案子破获后举国震惊，那一年秋后砍头跟砍西瓜似的，死了许多人，但那户人家的儿子却没找回来，主案官推测十有八九是进了强盗肚子，因顾及家人心情，定案时没有说破，只说了一个“某童仍下落不明”，于是案子虽说是破了，仍旧按照“悬案”了结。

叶知秋照胡不归所说，一页页翻阅案卷，主案官判词、主审官判词、孩童家属在里坊武侯铺报案时留下的口述，还有一应案犯的陈词全都有，是一桩再明确不过的案子，胡不归却让叶知秋看看“有没有缺什么东西”。

叶知秋对着阳光一页页检查卷宗缝线处，果然找到一页缺损。撕的人非常细致，若不是存心找，根本注意不到。叶知秋仔细阅读缺损页前后的内容，由此推断出的结果却很怪异——缺损的是所有卷宗之中最不重要的一页，是一张线人的口述，他与强盗有一些往来，帮助官府找到了强盗的老巢，由此得到了一些赏银，但无论是他这个人，还是他的口述，在这桩案子中都很不重要。

重要的是这个人的名字：苏勒曼。

胡不归那面京城布局图上，各色人等以不同颜色的丝线相连，有些叶知秋看得明白，有些看不明白。其中单有一条黑色丝线，连着一些人，人数不多，且不像别的丝线那样错综复杂，但每一根丝线上都系着一个小银铃，像是异常重要。

“如果那个名字在这条线上，那他一定还背着别的案子，案子的卷宗我全都要。”胡不归吩咐过叶知秋。

叶知秋看着这个名字，苏勒曼，眼前便浮现出一张高鼻深目的异邦面孔来。许多大食、波斯或突骑施人都拥有类似的名字，不过他们大多是商人，几乎从不会牵涉进这样的大案里来。

叶知秋回到胡不归的宅院中，拿着一卷卷宗：“六师兄，现在该你告诉我何许人的底细了。”

胡不归有一丝意外：“何许人比杨幻儿更让你感兴趣？”

“一个是随时能换脸皮——或者说没脸没皮的何许人，”叶知秋说，“另一边是又聋又哑又不会功夫的杨幻儿，六师兄，你说我更应该防备谁？”

不等胡不归回答，叶知秋笑嘻嘻地说：“我猜我最该防备的是你。杨幻儿说她是我妹妹呢，我们还是谈何许人罢！”

胡不归盯着叶知秋手中的纸条，分隔多年，时光把他眼中那点亲近之意消磨殆尽，现在他落在叶知秋脸上的目光，还不如“王暄”的来得亲切。

“六师兄，”叶知秋说，“何许人当日何以与文心一道潜入大师兄秦抱鹤的家？听说他二人居然是去救人的？他又是怎么死而复生，还帮你传信？这个何许人，也是隐太子党？”

胡不归嗤笑一声：“何许人……”

一个叫“何许人”的人，他到底是何许人？

叶知秋看着胡不归，等待他给出答案，而胡不归给出的，却是虚空。

他说：“世界上并没有什么何许人。”

“义军当年需要一处情报联络站，”胡不归说，“原拟建在月云轩——也就是如今的北堂，但如果北堂因此暴露，势必牵连到落英院，而楚姑娘的安危不容闪失。”

叶知秋明白过来：“所以你们就伪造了‘何许人’这么个不存在的人，利用这个幌子收集信息。”

“那些面具都是义军中易容高手所做，必要时，谁都可以用何许人的身份行事。”胡不归说。

叶知秋问：“那去大师兄家的那人是谁？”

“是我。”胡不归说。

叶知秋说不出话来。

胡不归说：“你不信？”

“是不明白，”叶知秋说，“那时落英院一场将计就计，师父已经知道大师兄倒戈，命四师兄去取命，你也应该知道大师兄倒戈，为何还要去救人？还是说，你也和左无恙一样——不，那样的话，师父不会放过你。”

“和左无恙、简曦一样，你待如何？”胡不归说。

“我能如何？没有你的首肯，我连这片院子都跨不出去。”叶知秋自嘲道。

“你今早出去后大可以不回来，”胡不归说，“还是说杨幻儿被我扣在这里，你早已被她三言两语诓去，开始怜惜她性命？”

叶知秋摆摆手：“还是言归正传，说你罢！”

“我没什么可说的，”胡不归说，“不过是受人之托，忠人之事。”

“谁托你救大师兄？”叶知秋问。

“这是何许人之外的问题。”胡不归说。

“那我问何许人之内的，”叶知秋说，“文心和尚为何又会和‘何许人’搅和到一起去秦宅救人？”

“不是我们这边，又和我们这边有牵扯，可能会让师父忌惮的，还有第二个人么？”胡不归反问。

叶知秋点头：“而且也只有文心一天到晚多管闲事，救这个救那个。但七师兄为何要骗我何许人已死？”

“为了让你少掺和。”胡不归说，“谁知道你的手越伸越长！”

叶知秋不以为忤，问道：“那何许人家门口，要杀杨幻儿的，也是你？”

胡不归点头，起身道：“报酬付完了，东西可以给我了么？”

“不可以，我还有个要求。”叶知秋笑嘻嘻道，“我这赖皮都是跟王暄学的。”

胡不归原以为叶知秋要连杨幻儿的身份也一并知道，没想到叶知秋舌头一滚，吐出来的话却是：“你得告诉我那一条黑丝线上的人究竟是怎么回事。六师兄，你要是用假话骗我，我就只好去跟师父哭诉啦！反正这件案子不是师父交代给你的，是不是？否则你也不用劳动我了。可惜你只能囚我，不能杀我——师父不让么！”

胡不归定定地看了叶知秋两眼，冷声道：“你为什么偏要刨根问底，安安生生过你的太平日子，就死活办不到？！”

叶知秋脸皮八尺厚，不痛不痒地答道：“六师兄，你倒替我想想看，冷不丁有个沦落民间的公主喜欢我，又冷不丁皇后要杀我，你要是我，这个局你要不要玩下去？”

胡不归拂袖甩门而去。

“六师兄，你的卷宗忘拿啦！”叶知秋追出去，却看见院门口正站着一人，像是要推门出去。

那背影似曾相识。

叶知秋只觉胸口一窒，未及思索，脚步已先于想法，欺近那人，胡不归伸手没拦住。

“你——”叶知秋说。

那人侧过脸来——那是八师兄岑深的脸，一贯苍白的病容。

叶知秋一瞬间热泪上涌，一时竟说不出话来。

岑深看了他一眼，却面无表情地转过头，出门去了。

胡不归从叶知秋手中抽走卷宗，叶知秋浑然不觉，只茫然道：“那不是……”

“你看错了。”胡不归断然道。

叶知秋独自面对那面墙。

“苏勒曼”这个名字落在黑色丝线的末端，名字的主人和一桩陈年旧案有牵涉，但不过是充当不起眼的线人，而在另一桩案子中，他却是主犯，罪名是卖假药行骗，因此即便是主犯，他犯的仍然是一件太不起眼的小案子。

叶知秋不明白这样一件小案子为何会存在大理寺的卷宗之中。

而胡不归到底在查什么？还要躲着师父偷偷查。

想着想着，叶知秋的思绪却渐渐飘到另一些更久远的事情上。

岑深的脸始终在他脑海里挥之不去。

阔别十多年，其实叶知秋对岑深的印象已经很淡了，每年逢到他的祭日，师兄弟几个焚香祭拜的时候，叶知秋看着那一方墓碑，有时候会惊觉自己已想不起这位“八师兄”的面目了。他搜肠刮肚地想要想起来，最终浮现在眼前的却只有一扇窗，岑深卧房床边的那扇花窗。

那扇窗位置开得很好，窗外就是一丛疏朗的绿竹，每逢阳光灿然的午后，这丛竹子青绿光亮，碧沉沉的影子映入窗里，落在病榻之上，而这时，岑深总是拿着一卷书在看。

叶知秋对岑深的印象，也大多只有他握着书卷的，修长清瘦的手。

师兄弟之中就数他最爱看书，谢蓬莱曾笑他不去考状元乃是暴殄天物，他总是笑着说："师父自有安排。"

说起来，师兄弟之中，岑深是最信服师父的。

"深哥，你也太怕师父了罢？"叶知秋曾揶揄他。

"是敬重，"岑深笑道，"叶九，你今天功课做完没有？别老让师父他老人家操心啊！"

秦抱鹤曾说过，岑深出生在大理寺的天牢里，是刘黑闼一系的叛军之后。

隋末天下大乱，群雄并起，其中规模最大的除太原李氏之外，还有窦建德和王世充。当年柏谷坞一役，后人附会出十三棍僧救唐王这样的荒诞之说，实际上则是轘州司马文心与少林寺僧人串通，绑了王世充的侄子王仁则送到秦王军中，由此王世充和王仁则原本打算好的犄角之势被打破，王世充向另一支叛军的首领窦建德求救，窦建德唇亡齿寒，带兵驰援，却被早有准备的秦王一网打尽。

窦建德死后，他的旧部刘黑闼接管了残余人马，继续与李氏唐军作战，最终也被剿灭。而剿灭刘黑闼的过程，太原李氏也损失惨重，当今皇帝的堂弟李道玄战死沙场，时年仅十九岁。

李道玄生前勇武忠直，与秦王和隐太子情谊俱厚，秦王和隐太子之间虽不对付，李道玄一死，他们却一个把刘黑闼杀得只剩一千人逃入突厥避难，然后另一个接过手来，千里追袭，硬是将刘黑闼斩杀于饶州。

李唐王室对于刘黑闼可谓深恶痛绝，斩杀刘黑闼后，其一应宗亲均投入天牢，大多予以问斩，以绝后患，但由于人数众多，等那一年荀深吾到天牢见到岑深，他已经两岁半了。

荀深吾是听说天牢里有一个过目成诵的小神童，等亲自去看，果然天赋聪慧。

当时牢房昏暗，母亲让岑深跪下来向荀深吾磕头，然后他就被接了出去。出了牢房门，岑深回过头，发现母亲脸上泪光莹然，嘴角却带着笑容。在走出天牢大门时，他看见一名狱卒从他身边走过，手里提着一名从街上抓来的乞儿，这乞儿大约是个傻子，口水不断地从下巴上流下去，傻笑着拿着狱卒塞给他的羊肉蒸饼——岑深从未吃过这等美味，只觉得那香气终生难忘。

他的目光跟着狱卒一直望过去，那狱卒从荀深吾手中拿过赏钱，提着乞儿一路走到岑深待过的那间牢房，把人往牢房里一塞，母亲把那乞儿接了过去，抱在怀里，仿佛那才是她的亲儿子。

年幼的岑深不明所以，却灵台清明，具有鬼神般的洞见而不自知。因此这一刻，他忽觉莫名悲伤，刚要哭，眼睛却被师父捂住了。他把岑深稚弱的脸庞扭向前，声音很温柔：“别看。从今往后，你是我的徒弟了。不要难过，这是你母亲的心愿。”

岑深曾说过，“叶知秋”这个名字起得很好。夏去秋来，风卷大地，这风云激荡的所谓天下大势之中，最真切地感到苦寒的，往往只有最不起眼的树叶，如同乱世中随波逐流的无辜平民。

叶知秋早已想不起岑深的面目，却对他的叹气声记忆犹新，当时他已经病了一年多，师父说是小时候过得不好落下的病根，岑深自己也这么说。那正好是个早秋时节，叶知秋把熬好的药汤端进岑深的卧房，却碰见六师兄胡不归也在，两人的面色很不愉快，像是刚刚吵了一架。

叶知秋察言观色，赶紧活络气氛道："你们说什么好事情呢，我一进来就不说了？谢蓬莱昨晚去花柳巷未归，今天被师父罚在院子里顶水缸呢，你们俩别不是也打这歪主意——"

"我们在说前朝的一点旧事。"岑深笑道。

"那种陈芝麻烂谷子！"叶知秋说。

"的确是不值一提，"岑深说，那话却不知是在对谁说，"青史留名的向来只有两种人，成王、败寇，而大多数人身不由己地在这场以天地为棋盘的乱局中苦熬，无人知晓，也没人在意。"

"你不要钻牛角尖，"胡不归面色沉冷得可怕，"不要落得一个亲者痛，仇者快的下场。"

"我没有亲者，也没有仇者，"岑深说，"而且，我是当着母亲的面磕过头的。"

叶知秋听得一头雾水，正要发问，岑深却说："叶九，咱们劝劝你六师兄，眼下正值薛延陀部叛乱，他却偏要参军。"

"你病还不好，我就只能参军。"胡不归说。

他们说的每一个字叶知秋都认识，但串在一起，却听得一脑袋糨糊。

过了没几天，胡不归就参军去了，当他战死的消息传来的时候，岑深已病亡，刚过完五七。

墙上是密密麻麻的丝线，牵连着许多不可告人的隐秘，活人牵绊其中，即便死人也挣脱不掉，而这张覆盖整座西京的大网中，唯独没有“岑深”这个名字，仿佛他并没有死亡，但也不能算是活人。

叶知秋看着墙面，那目光仿佛是在大理寺中审查一宗盘根错节的疑难案件。他面目虽称得上英俊，表情却不算丰富，显得沉稳有余而机灵不足，唯有这双眼睛有时会出卖他的心思。

师父常说谢蓬莱世故，而岑深博学，唯独“聪明”二字扣在手里，迟迟没有给出去，好似那枚锦囊，神不知鬼不觉，悄悄交付给叶知秋。

“苏勒曼”这个名字上下连出两道丝线，下面那道指向一些风格雷同的异邦姓名，他们大多是胡商，散布在西京各处，以贩卖药材和香料为主。而上面那道线却像是具有某种神奇的功效，随着丝线的延伸，那一个个名字逐渐变迁，慢慢变得极具本土风情，最后停在一个叫“虞镜臣”的名字上。

一天以前，叶知秋并不认识“虞镜臣”这个名字。

但现在，叶知秋看着这个名字，感觉是略微有一点亲切的，今天早上，他刚跟这个年过半百的虞老头聊过天。

室内烛火一晃，胡不归推门而入，脸带怒容：“你对虞镜臣说了什么？！”

叶知秋的嘴脸相当无辜：“虞镜臣对你说了什么？”

胡不归看着他不说话，烛火把他的影子投在地上，人不动，影子却焦躁地跳跃不已。叶知秋“哦”了一声，恍然大悟一般：“原来虞老头什么都没和你说，原来——他动作还挺快，已经举家逃走了。”

当年苏勒曼贩假药被抓，报案的正是这名虞老头，当年虞老头还是个二十多岁的年轻人，给人当车夫为生。

“六师兄，你不在的时候，我盯着这张图琢磨了很久，你猜我看出了什么？”叶知秋说着，伸出一根手指指着“虞镜臣”这个名字，这是黑色丝线的最后一段，但叶知秋的手指短暂停顿过后，从“虞镜臣”跳到了毫不相关的另一个名字上。

这个名字倒是很有名，叶知秋虽未见过其人，但和西京大部分人一样，都有所耳闻：

城阳公主。

同太子、九皇子一样，这位城阳公主是皇后嫡出之女，下嫁给杜如晦的儿子杜荷。这杜荷是个出名惧内的，城阳公主又是个出名的泼辣货，两人感情居然还特别好，因此产生了种种有趣的传闻，是街头巷尾茶亭酒肆里的快乐之源。

而传闻城阳公主和九皇子感情不怎么样，倒是和太子很有兄妹深情。

叶知秋向胡不归伸出手，摊开手心，是一团黑色的线头：“这是我在城阳公主的名牌钉上找到的，看来六师兄早就知道，虞镜臣曾是公主夫家的马夫，为怕我知道，特意提前把这一脉的黑线都绞除了。可惜我正好闲来无事，一路找线头，居然一直找到了太子李承乾的名字上。‘苏勒曼’‘虞镜臣’‘城阳公主’，最后归到‘李承乾’，这线扯得可有点远。六师兄，你既然全都知道，为什么还要查虞镜臣呢？”

见胡不归不答，叶知秋说：“不过虞镜臣的确告诉了我一点消息。六师兄，交换么？”

"换什么？"胡不归问。

"换……"到这时，叶知秋却踌躇起来，心中一点忐忑煎熬着他。他想了想，转而问胡不归，"六师兄，今日白天我看见的'岑深'，实际上是你那女徒弟所扮的罢？"

胡不归脚下动了动，他动作幅度很小，地上的影子被烛火所惑，却极危险地摇晃了两下。

他的手也不动声色地背到了身后。

胡不归是用鞭的，他这一动，已是起了杀心。

但他的床上却放着一把剑。

叶知秋感到手心渐渐沁出汗来，他的刀在进这间院子时早已被胡不归缴去，眼下两手空空，一颗心却被许多秘密压得沉坠。他说——说话时感到嘴唇和喉咙都很干："早上的那个岑深，眼神很冷淡，和你那女徒弟如出一辙。身形倒是和八师兄差不多，走路的样子也很像，她已经扮了很久了，是不是？六师兄，深哥上哪里去了？你的床上，为什么放着他的剑？"

他困在这座偏院里出不去，闲来无事，把犄角旮旯都转了一遍。闯进胡不归的卧室时，看见他的房间布置得跟禅房一样简陋，一张床，一只衣柜，仅此而已，连把多的椅子都没有，和胡不归克己冷肃的性格很是相配。

床上挂着青色纱帐，叶知秋也是手贱，撩开床帐偷窥。床上一只草枕，一条灰棉被，铺得平平整整，然而叶知秋那只破过无数案子，查访过无数作案现场的眼睛掠过去，看见被子的形状——形状没有任何不妥，只是让叶知秋生出了一点直觉。

他跟着这油然而生的直觉，掀开被子，发现被子下面放着一把剑。

很朴素的革质剑鞘，配玄铁剑，剑鞘上镶着一块白玉，玉面上刻一个“岑”字小篆。

忘了哪一年岑深生日，谢蓬莱送了这样一件贺礼给他，工艺很考究，模样又很低调，岑深用了很多年，从也没离过身。

现在它却像一具干尸，躺在胡不归的床上，不声不响，却教人疑惧丛生。

叶知秋把堵在心里的话问出了口。

与此同时，烛花噼啪一爆，雪亮的鞭影霍然扫至！

叶知秋抽身疾退，九节鞭却裹挟着狂怒，将冷肃的空气猛地抽起万丈狂澜，要将叶知秋毫不留情地吞没！

少年时他们曾在同一个校场练武，岑深是个病秧子，只配在一边旁观。他曾说，师父的“春潮生”心法，叶知秋占得一个“春”字，气韵路数真是生机盎然，绵绵不绝。而胡不归则揣摩到了剩下的“潮生”二字，使出来恰如海潮横生，令人望而生畏。

“愣是把个内功心法练得像外家拳一样蛮横霸道。”岑深说。

“大概因为六师兄属牛罢？”当时叶知秋如此分析。

“没错，”一旁的谢蓬莱点头，“一头蛮牛。”

“四师兄难道不更像蛮牛？”叶知秋问。

“凤四么，是另一种牛，”谢蓬莱很权威地说，“慢吞吞，认死理，但是又粗中有细，其实内心是很善良羞赧的。”

“那是什么牛？”岑深问。

谢蓬莱用他千金打造的剪雨裁风刀削着一只梨子，被师父看到又得去顶水缸，但他偏偏乐此不疲，他削了一片梨，递给岑深，回答道：“老四这种，是蜗牛。”

叶知秋大笑，扰得校场上的人侧目纷纷。

此时岑深从谢蓬莱手里接过梨，谢蓬莱却不松手，仍攥着，笑容可掬地说：“老八，你这病老也不好，我看，还是别吃师父开的药了。太医署我有很相熟的体疗科医师，给我们家看病十来年了，请来给你换服药？”

“七哥费心，”岑深说，“师父的药我已经快吃惯了。”

谢蓬莱说：“你以前不喜欢吃梨来着。”

岑深说：“最近吃顺了口，也觉得能下咽了。”

那天校场演武结束，数九寒冬，叶知秋拿一把大芭蕉扇扇着浑身热汗，走出去时，看见一枚只削去了一片的梨，沾了满身的土，滚落在路边。

梨这种水果，平时人们吃得很多，单是过年不吃，因为“梨”同“离”同音，吃了未免不吉利。

空气中一声声开山裂石的鞭啸，仿佛是要把回忆抽得四分五裂，透过其中的罅隙，叶知秋悚然觑见了一团和气的过往之中，那些诡秘的蛛丝马迹。直到许多年过去后的今天，借由一线黑丝的牵引，叶知秋才摸索到一丁点所谓“局”的边沿。

不禁拊膺而怆然。

16

一缕香

胡不归的院子隐居陋巷之中，相当破败。

院子里平时能见到的就两个人，胡不归和他的女徒弟。

但胡不归既说了叶知秋出入“由不得”他自己，叶知秋发现，还真是这么回事。

眼下叶知秋给胡不归的九节钢鞭追得上蹿下跳，那架势仿佛是家长发狠打孩子，只有哭爹喊娘滚爬的份，毫无招架之力。

每逢他逃到院墙边沿，却总有一群疯子嗬嗬怪叫着向他扑来，他们蓬头垢面，指甲尖利，瘦得只剩一身皮包骨，却拥有惊人的速度和力量，对任何试图出院子的活物都群起攻击，仿佛是胡不归豢养的一群人形疯狗。

叶知秋曾经试过，把一只烧鸡向院外扔去，眨眼之间，就被他们撕成了碎片，其速度之快，力道之狠，令人叹为观止。

天下武功，唯快不破；天下打架，唯群殴无解。

这群疯子又快又是群殴，叶知秋孤家寡人，实在是招惹不起。

奇的是，一旦他从墙边撤回到院内，疯子们就安静下来，眨眼消失无踪。叶知秋发现墙根下挖了许多地洞，铺以茅草杂物，作为住处，不仔细看发现不了。

只有胡不归和他的女徒弟出入时不会遭到攻击。

“六师兄，这么邪佞的傀儡操控之术，是师父独传给你一人的？”叶知秋问。

“师父独传的绝技，只有幽冥钩一项。”胡不归说，“叶九，你再退，就死无葬身之地了。”

此时叶知秋站在距离院墙两尺远的地方。

据他这几天反复试验，这个距离上，再往前半寸，疯子们就会扑上来。现在他已经听到他们从洞穴中探出头来，发出威胁的低吼声。

“被六师兄一鞭子抽得肝胆俱裂，不也是死无葬身之地么？”叶知秋说，“不过我死了，虞镜臣也跑了，那么六师兄费尽心机要打听的秘密，天下就再也没人能告诉你了。”

胡不归不说话，九节钢鞭垂在身侧，如蓄势待发的银蛟。

叶知秋说：“六师兄，不如我们秉烛夜话，促膝长谈。就像……少年时经常做的那样。”

胡不归仍不答。

“六师兄，你到底把深哥如何了？”叶知秋问，“他也像左无恙一样，倒戈了么？”

胡不归是个惜字如金的人，性格又十分内敛，叶知秋问了一车话，他只是将钢鞭攥了攥，回给他四字箴言：“你懂个屁。”

还真是“秉烛夜谈”，只不过胡不归把蜡烛换成了线香。

点燃以后，他指着线香：“一炷香之内，虞镜臣说了什么，你都要讲明白。然后我再考虑带不带你去见他——看在你尚存一丝良心的分儿上。”

“见谁？”叶知秋问。

“岑深。”

叶知秋惊讶道：“八师兄还活着？！”

“先说你的。”胡不归说。

叶知秋却提起了一件看似毫无关联的事：“我第一次在落英院留宿的那晚，刚和楚姑娘滚到床上，却有个岳州万刃山的青红刀杀手，不开眼地坏了我的好事。”

胡不归朝线香瞥去一眼，线香已烧出一截香灰，叶知秋却不紧不慢。

他说：“那时那个杀手不光是用青红刀，还用了一件这几年很走俏的迷魂药，叫作‘神语香’，六师兄听说过没有？”

胡不归点头，“神语香”是大食国的舶来品，人吸入后，不仅头脑昏聩，眼前还会出现种种恐怖奇特的幻象，会极大地乱人心智，江湖上现在用的人越来越多，官府屡禁不止。

“虞镜臣不是举报苏勒曼贩假药么？”叶知秋说，“事情奇就奇在这里：苏勒曼并没有贩什么‘假’的药，他贩卖的，是真真正正的神语香，而且当年官府甚至还没有禁售此药。”

叶知秋说着看向胡不归。

胡不归面沉如水，叶知秋笑了一声：“看来这些六师兄也已经知道了。”

“莱国公杜如晦，与梁国公房玄龄并称‘房谋杜断’，是皇帝的股肱之臣，然而莱国公体质羸弱多病，房玄龄至今尚在给皇帝出谋划策，莱国公坟前却是连少牢都祭过了。”叶知秋说，“当年杜老患病之时，听说大食国的奇药‘神语香’有镇痛安神的作用，就从苏勒曼手里买了一点。最初每月只买几钱，后来增到一月半两，多时甚至有一两，也就是在这个时候，虞镜臣报了案，声称苏勒曼卖假药。”

“这一年苏勒曼被罚了钱。这事颇奇，苏勒曼并没有卖假药，怎么就被处罚了呢？这且不论，只说第二年，就有了男童失踪案，牵出强盗吃人的大案。而强盗的据点正是苏勒曼提供的，再过了半年，苏勒曼就回大食去了。”叶知秋掰着手指，“莱国府买神语香，苏勒曼被罚，强盗吃人案，一年，两年，三年，时间踩得真准。要是我记得没错，也就是在莱国府买神语香的这同一年，八师兄岑深生病了，一病，就再也没好过。”

胡不归沉默不语，线香已烧过半。

叶知秋继续说：“也还是在这同一年，城阳公主下嫁杜如晦的儿子杜荷。”

胡不归沉吟半晌，说：“岑深说得不错，你很聪明。”

叶知秋嗤笑一声：他要是聪明，早就应该远走高飞了。

“虞镜臣把当年那每个月多出的半两、一两神语香的去路告诉我了，”叶知秋对胡不归说，“还有他为什么要告苏勒曼，谁指使他去告的。正是他这一告，让师父注意到了神语香，用上了这一味药，而从此，深哥他，就一‘病’不起了。有了这么一层关系，官府后来再禁神语香也没用，咱们师父在这儿放水呢！于是这味药的生意便做得顺风顺水，财源滚滚。八师兄，如果你没有杀深哥，那就是打算要给深哥报仇了。你要绕过师父，去找那个唆使虞镜臣、攀上师父、操纵这味药在中原大行其道的幕后主使算总账了，是不是？”

线香烧到了尽头。

胡不归的钢鞭放在手边，但他没有去动，也没有说话。

他想起了很久以前的一件小事，一件和任何事、任何阴谋或“局”都毫无关联的小事。

那是一个春末夏初的时节，花落尽了，然而草长莺飞，树木葱绿蓊郁，他从校场练武回来，帮大师兄秦抱鹤带一本书给岑深。推开岑深的卧房门时，正好叶知秋也在——师兄弟中最小的这两个常混在一起玩。

那时岑深在打瞌睡，床头搁着一一拆解开的九连环，手里还拿着之前正看的书，无知无觉地搁在他胸口，大约是跟叶知秋玩了大半日。有趣的是，这时他肩上竟停着一只窗外飞来的黄鹂鸟。

见他进门，叶知秋把食指比在唇上，嘻嘻一笑。

他另一手拿着一把粟米粒，蹑手蹑脚地轻轻倒在岑深头顶发间。

黄鹂见了，自然飞上去开饭，啄了几下，惊醒了岑深——顿时鸡飞狗跳，岑深跳下榻来满地乱跑，黄鹂追着他脑袋狂啄不止，叶知秋跟在后面拍手大笑。

很多年后，岑深这样对他说：“已是这步田地，回天乏术了，六师兄。”

他当时的回答，是咬牙切齿地赌咒发誓：“那些畜生必当死无葬身之地！”

线香的浅淡香味在昏暗的室内幽幽地弥散。

胡不归望着叶知秋，心想，在恨意中浸泡得太久，自己当时说的话何其疯狂偏执，如何能宽慰别人？

他应该告诉岑深："会有的，会有好时光的。我们曾经经历过的好日子，它们过去了，不代表不会重来……"

夜色如泼墨。

叶知秋起身，站到那幅地图前，指着长安城外一处山坳："六师兄，这是当年那些食人强盗所住之处，强盗头子名叫施大善，但他还有一个大食的名字，叫苏勒曼。"

胡不归想，苏勒曼怎么会是强盗头目？

"贩假药的叫苏勒曼，他又充当线人，为官府指明强盗窝所在，而强盗头子也叫苏勒曼——"叶知秋仿佛在打哑谜，"这个强盗头子，是大食人氏，同时还是药贩苏勒曼的亲叔叔，两人同祖同宗，称为大苏勒与小苏勒。实际上，压根儿没有什么食人的强盗，官府一网打尽的，是在中原第一批贩卖神语香的大食商人。"

"第一批……"胡不归沉吟道，"那还有第二批？"

叶知秋点头，脸上忽而浮现起一个古怪的笑容："六师兄，你猜第二批是什么人？"

胡不归当然无从猜测，叶知秋说："莱国公的儿子，杜荷。"

"莱国公受痼疾折磨，服用神语香驱赶病痛，杜荷却吃这个吃上了瘾，还吃出了一条发财的捷径，"叶知秋说，"但大食国商人哪能轻易让自己的财路被人拦断，这时小苏勒正恨自己叔叔给自己的分成少，就和杜荷结盟。两人商议，由杜荷指使家中车夫虞镜臣去报案，说小苏勒卖假药；同时买通一户人家，令他们谎称自己孩子走失。两案并行，小苏勒在过堂审讯时，假装不小心透露自己知道城郊有一伙强盗专门委托人贩子买卖孩童，将自己叔叔等人全收拾了。此后，他明面上是返回大食去了，实则年年在大食与中原往返，贩送神语香，杜荷则负责趸卖。”

神语香久食则成瘾，会为商人带来源源不断的钱财，将这种药传入中原的大食国商人固然可恶，使这种东西愈发广为流传的国人，岂不是更加可鄙？

“而经手此案的正好是师父，”胡不归思索道，“他看中了神语香的功效，就顺水推舟做成所谓‘强盗吃人案’，也入了杜荷的生意经。甚至，让他自己的徒弟……”

“这虞镜臣就不知道了。”叶知秋拨弄着黑色丝线上的银铃，说，“六师兄，你收拾杜荷的时候，记得叫上我。”

胡不归不答话，枯坐了一会儿，终于起身。

叶知秋跟着胡不归向院外走去，地穴里的疯子们爬出来，恶狠狠地作势要扑，胡不归从袖中拿出一个香囊，打开来向空中一抖，寒冷的空气中顿时弥散开一股奇异而浅幽的香味，疯子们嗅到这香味，竟如酒鬼喝饱了黄汤一样，飘飘荡荡地返回地穴里去了。

“你给他们服食神语香，以此豢养他们？”叶知秋问。

“这些人都是雍州府每年抓的重刑犯，死不足惜。”胡不归说。

将要推开院门时，清亮的呼声从身后传来——“叶知秋”。

叶知秋转过身，杨幻儿站在身后，一身白孝，她慢慢走过来，准确地握住了叶知秋的胳膊："你要走了么？要丢下我了？"

胡不归在一旁，叶知秋无法回答，只好偷偷在杨幻儿手心里画了两个叉，又捏了捏她手心，让她放心，他一定会想办法将她带出去。

杨幻儿忽而伸开双臂，像是万般不舍一般，抱住了叶知秋。

少女混着牛乳气息的体香顿时涌入鼻腔。

这时叶知秋听见杨幻儿贴在他耳边，用最小的声音说道："去齐王府，把槊枪头给他们，自会有人帮你。我等你回来，哥哥。"

她的手臂松开了，手掌按在叶知秋胸口，轻轻一推。

叶知秋跨出门槛时忍不住回过头，只见那纤巧清丽如琉璃雕琢般的女孩儿站在无月的夜色底下，用她浅灰色的盲眼遥望着他，目送他远去。

"这丫头厉害得很，义军中不少人上了她的当，凄惨横死不在少数。"胡不归说。

"我省得，"叶知秋说，"这就到了？"

叶知秋没想到，胡不归竟然就把岑深藏在他假扮的"王暄"府上。自己和"王暄"有交情，曾到他家里喝过酒，却丝毫没意识到两位已故的师兄原来就在他眼皮底下。

"师父他老人家知道么？"叶知秋问。

"师父连岑深被我替换了都不知道。"胡不归冷哼一声，警告地瞥了叶知秋一眼。

叶知秋立刻举起双手："我是绝不会告密的，师父他老人家最近正看我不顺眼呢。"

“你知道师父要寻你晦气就好。”胡不归说。

人藏在这里，正是灯下黑，叶知秋想，正所谓艺高人胆大，胡不归正是胆大心冷。

而且他居然敢把人大大方方安置在一间光线最好的朝南厢房里。

叶知秋站在门前，竟有些踌躇。

“怕了？”胡不归冷笑道。

“自家师兄弟，怕什么。”叶知秋提了口气，跨进门去。

此时是深夜，室内点着好几盏明亮的灯，本来应该是个光明透亮的地方，叶知秋走进去，却忽觉一阵心悸，仿佛是闯进了什么魔窟。

当啷一声，叶知秋吃了一惊，往脚下看去，发现自己踢到了一只倒扣在地上的铜脸盆，距离脸盆不远处，一条毛巾也被扔在地上。

正惊讶，一名侍女急匆匆从屏风后面出来，手里握着几段粗棉绳。见到胡不归，侍女低头行礼，胡不归问：“又犯了？”

侍女似早就习以为常，答道：“上半夜闹的，之后睡了一会儿，奴婢们怕吵醒他，没敢弄出动静来，所以收拾到现在。”

“现在醒了？”胡不归问，“吃东西了么？”

“没吃，只喝了半盏茶。”侍女说。

叶知秋定定地望着侍女手里的棉绳，绳子上蹭着几道脏污的血痕：“这是什么？”

侍女望向胡不归，不知该不该回答，胡不归挥手道：“你下去罢。”

叶知秋绕到屏风后面，门帘朦朦胧胧地挡在面前，只看见内室点着一盏幽暗的灯，灯火摇曳，一个侍女跪在地上，正擦洗着什么，另一名侍女来回走动，从地上、案几上捡起这样那样的东西。

叶知秋掀开门帘走进去。

一瞬间，仿佛什么也没有发生过。

没有岁月的流逝，没有阴谋的翻覆，也没有过生离死别。

岑深仍像叶知秋记忆里的那样，半倚在床榻上，手里拿着一卷书，将睡非睡，闲适地看着。

但一丝冷风从窗缝中溜进来，四下里一卷，幻影消散。

哪里有什么书，岑深倒的确是半倚在床上，但手腕上缠着两指粗的棉绳，绳子一径绑到床栏上，此外腰上、脚踝上，也同样缠满绳索。他的脸像是骷髅上勉强蒙了一张人皮。

地上几摊呕吐的秽物，侍女正在擦洗。

叶知秋和胡不归走进来，他听而不闻，仍躺着一动不动。

叶知秋忽然明白胡不归为什么大发善心带他来看岑深了——再不看，就真看不见了。

胡不归走到榻边，俯身轻声道："阿深，叶儿来看你了。"

这一句话仿佛终于触动了岑深，他慢慢睁开眼来，眼珠子呆滞地转了转，才慢慢透出光彩来——只有这一闪而逝的光彩让叶知秋感到熟稔，他快步赶到榻边，叫了一声"深哥"，声音出口，才发现是颤抖的。

岑深倒是笑了："好不容易见一面，怎么哭了呢？"

岑深把胡不归请了出去，要和叶知秋促膝长谈。

出去前，胡不归深深地瞥了叶知秋一眼。刚才在门口，他曾嘱咐叶知秋："他已走火入魔。你若有心，就好好劝一劝他。"

胡不归走后，叶知秋坐在侍女搬来的凳子上，岑深目光打量着他："多年没见，连你都见老了。"

叶知秋摸摸脸上胡茬儿："深哥哪里话，我心里还年轻得很呢！"

这没脸没皮的话说得两人都笑起来，往日的情谊一霎都涌上心头，叶知秋拿出礼物——是一副极其复杂难解的九连环，岑深以前缠绵病榻时常拿来消闲，他颇善这些机巧之道，双手仿佛受过神仙点拨，谢蓬莱曾给他起了个绰号"仙人掌"。

"你倒还记得这些。"岑深接过九连环，摆弄两下便解开一环，病容上浮现出淡淡笑意，"幺儿，我想请你帮我一个忙。"

"深哥且吩咐。"叶知秋说。

岑深看着他，脸上犹带着笑意："我知道你最讲义气。胡不归床上放着我的剑，你见到过么？"见叶知秋点头，他继续说道，"叶九，现在只有你能帮我。胡不归已经走火入魔了。"

胡不归说他走火入魔，他却反说胡不归走火入魔。

他瘦得脱了形的脸上，那笑意竟有几分森然的意味，这时背后响起声音，吓了叶知秋一跳——胡不归掀开门帘，露出半张脸在门口，脸上也笑着，问："你们说什么悄悄话呢？刚熬好的燕窝，阿深，你喝一口？"

窗外风声骤紧，如同尖叫。

叶知秋跟着胡不归走出"王暄"家的宅门。

胡不归走在他前面，两人身形差不多，胡不归比他稍矮一寸，但脊背比吊儿郎当的叶知秋挺得要直，简直是精钢铸成的，不仅硬挺，还给人一种难以弯折的坚实感觉。

“六师兄……”叶知秋不禁出声道。

胡不归回过头来，这时他已经戴上了“王暄”的面具，一张圆胖和气的脸上，只有目光是冷冰冰生人勿近的。

“深哥真的戒不掉了？”叶知秋问。

“服食神语香十四年，”胡不归说，“还是最精纯的，不是市面上勾兑过的杂牌货，他今天戒，明天就死了。这还能算个囫囵人么？已是个‘药人’了。更何况他自己压根儿不愿意戒。”

这几年来，胡不归费尽力气，也只能让岑深服用神语香的剂量减到原来两成，并且药量一减，岑深浑身经脉便要逆行，厌食、呕血、夜不能寐，种种症候随之而来，此外还要发狂，不得不用绳子绑在床上。

叶知秋叹一声：岑深是真的走火入魔了，竟觉得与其受这戒断神语香的折磨，还不如一直服食下去，舒舒服服，直到死为止。胡不归想让叶知秋劝他回心转意。

但人的性命说到底，是属于谁的东西呢？

“我只想舒舒服服去死，好过这样日夜折磨。”岑深说这话时，面目很平静，“一场人生，早晚是江河入海，殊途同归，我早行一步，有何不可呢？”

叶知秋无话可驳。他忽然想到谢蓬莱和周全，他们也是舍却了大好人生，慷慨赴死——岑深不过是同他们一样，想要摆布自己的生死，有何不可？

但是，叶知秋又觉得，谢蓬莱和周全的死是为了别人的生，这说到底不是求死，而是另一种意义上不得已而为之的“求生”。可岑深不同，他仿佛只是想要“死”这一件东西。

这热热闹闹的人间在岑深眼里，为何竟然比不上一场死亡？

服食神语香的这十四年，岑深身上到底发生了什么事？

他不愿告诉叶知秋个中真相，只拜托叶知秋帮他一个忙——“去告诉师父，把胡不归替掉。胡不归没有背叛义军，但他会坏事，他走火入魔了。切记切记。”

“深哥，你都不恨师父么？他逼你吃神语香啊！”叶知秋问岑深。

“是我自己要吃，师父不过顺水推舟。”岑深说。

岑深和胡不归都把对方说成是“走火入魔”，可到底是谁在发疯？还是说疯子的眼中，天地万物都是扭曲的，人人都已“走火入魔”？

叶知秋决定试一试——每个人都把他往局外推，告诉他语焉不详的一两句话，支使他去做不明就里的一两件事，仿佛“活着”就是天大的利好。但是，就像岑深想要“死亡”一样，也许他叶知秋最厌烦不是死亡的威胁，而是不得不当个局外的傻子。

即便活下来，不知因何而活，不知为什么没死，不知道自己侥幸避开的深渊中实际上填进了多少性命，这样对他叶知秋来说，并不能叫作“活着”。

“六师兄，”叶知秋叫住胡不归，“深哥托我背着你去办一件事。”

胡不归停下脚步。

叶知秋说：“我想知道，神语香在中原有一整批衔接完整的人马，你是不是将这一线全都一网打尽？哪怕其中包括我们的师父本人？”

胡不归默然，叶知秋却察觉到他细微的动作：“六师兄，你先别急着动手杀我灭口。其实你应该放下要对师父动手的念头，原因我会告诉你，我想你会同意的。而如果你答应不做欺师灭祖的事，我就会帮你，不过还有一个条件，是你放杨幻儿出你的院子。”

“我已经说过，杨幻儿是晋王的密探，义军还要从她口中问明白很多事情。”胡不归说。

叶知秋说：“那我还能再见到她么？”

“我的院子不再欢迎你踏足。”胡不归说。

“至少让我再见她最后一面，”叶知秋说，“她是我妹妹么！”

胡不归盯着叶知秋的脸，似乎在衡量他嬉皮笑脸的面目下有几分真诚：“你还真信她信口雌黄？”

叶知秋不说话，只看着胡不归。

半晌，胡不归说：“那你说说，我如何不应该动师父。”

“因为深哥和我说了，”叶知秋说，“当年不是师父逼他服神语香，是他自己要服的。师父与杜荷共同经营神语香，只是为了为义军多添进项，还有和莱国府多走动。”

胡不归冷笑起来：“你拿他编旧了的借口来糊弄我，是觉得我蠢，还是你自己蠢？”

“六师兄，其实我比你更希望这件事是深哥自己编的。”叶知秋无奈地说。

十多年前，九皇子尚在幼年，未成气候，李承乾却已经立为太子，荀深吾想趁他年少，安插一个眼线。那时皇帝刚把城阳公主指婚给莱国公杜如晦，因为杜如晦已经沉疴难返，把一名公主许配给他的儿子，抚恤的意义其实大过奖励杜如晦的政绩。

而城阳公主也是皇后嫡出，从小和李承乾兄妹情深，荀深吾就打算把人安插进莱国公府上杜荷身边，由此接近李承乾。虽则绕得远了一些，但远也意味着安全，更容易操作。

师父原本看中胡不归为人坚毅沉着，却未曾想岑深找到他，自己要去当细作。师父当时并不同意，岑深武艺平平，不适合去做那些飞檐走壁、窥人阴私的事，岑深却对师父说："我犯不着去莱国府。直接送我去给太子当伴读罢，我有办法让他离不开我。"

师父听得惊异："你能有什么办法？"

"李承乾不是天生有腿疾，隔三岔五疼痛难忍，才导致他性情暴躁乖僻么？"岑深说，"我也老是病歪，倒是最近吃了一种药，疼痛时立即服用，眨眼百病全消，快意如极乐登仙。"

话音未落，被师父一巴掌抽到脸上："我命你戒那鬼东西，你还是没戒？！"

"戒了我就死了，"岑深却还笑得出来，"我又博闻强记，去给太子当伴读，保证事半功倍，给咱们义军添上天大的一个助力。这样好的生意，师父不做么？"

于是那一年末，岑深"病死"，实际是改换身份，成了太子伴读。这么多年，逐渐深得太子信任，为他出谋划策，同时不断在太子身边安插义军人手。

十年布一局，或者一生布一局，在这权力、恩仇、私欲横流的人间，其实很常见。

只是填进许多人命。

叶知秋对胡不归说："但你听说深哥替你去卧底，以为都是师父逼迫，自己欠了深哥一份天大的人情。其实是深哥自己想去，他说，这是他母亲的遗愿，和你无关，你不必内疚。你一气之下去参了军，倒是让他过意不去许多年。”

胡不归冷笑道：“这一套说辞，我听他说了多年，耳朵都起茧了。”

“这并不是说辞，”叶知秋说，“深哥的那把剑，你没有仔细看过。”

叶知秋却仔细看了——出于一个大理寺九品太祝的职业操守，谢蓬莱早就知道岑深服食神语香成瘾，因此送他那把剑，在剑身上，令人在一面写上“生非吾所愿”，背面则写着“戒之慎勿忘”。

岑氏被刘黑闼牵连而株连九族，母亲令岑深拜荀深吾为师，临别前，只送他两字：报仇。

谢蓬莱也是因家仇而投入荀深吾门下，谢蓬莱的父亲是因追随隐太子而遭到弃用，虽说终生不得志，却也一直活得很滋润，以至于他那张憾恨的老脸永远在谢蓬莱眼前晃荡，相看两厌，越看越厌，厌极而反，反倒把家传的对隐太子的忠心扔进了沟渠，没有丝毫留恋。

谢蓬莱希冀岑深也能看淡上一代的仇恨，“生非吾所愿”，姓氏与家族并非是他们自己选择而降生，最好不要挂怀；而“神语香”不是良药，乃是入髓的剧毒，岑深自当“戒之慎勿忘”。

但岑深的母亲却早已死了。

“既是你自己要服神语香，”临走前，叶知秋问岑深，“那深哥你是不恨师父的，那……”是什么事情令你一心求死？

“谁说我不恨？我至今恨他一件事，自始至终也只恨这一件事。”岑深说。

“是什么？”叶知秋问。

岑深摇摇头，不说了，靠倒在枕垫上："你去跟胡不归说说，让他多给我点神语香。戒断的滋味，太难受了。算我求他。"

说完，他挥了挥手，叶知秋便走了。

室内寂静下来，岑深闭上眼，见到那一年，师父拉着他的手去法场。他把他架在肩上，岑深的目光便越过黑压压的人头，望见法场上蓬头垢面的母亲，她怀里抱着那痴傻的乞儿。

雪亮的鬼头刀一刀下去，血喷出了一丈多远。

乞儿吓傻了，被刽子手从母亲的无头尸身中扯出来，手起刀落。

这一幕从此魇住了岑深，醒时眼前，睡时梦里，时时出现，像炽烈的火焰，把母亲临别前说的"报仇"两字深深烙进他的血肉里，只有神语香能消解。

通常人服用神语香，眼前会出现恐怖幻象，但世界上有什么幻象，比目睹母亲被人斩断头颅更可怕呢？且这恐怖幻象随着服食次数增多，会逐渐消隐，后来只剩飘飘荡荡的轻盈感，仿佛灵魂出窍，前世今生全不记得，只能看见金色的暖融融的春光，无限地倾泻下来，包融着自己——借由神语香，岑深才有生以来第一次体会到众人所说的"欢乐"。

怪不得谢蓬莱要溜去花柳巷"寻欢"，叶九一天到晚恶作剧"取乐"，原来"欢乐"，竟是这样好的东西。

神语香一食再食，剂量一增再增。

清醒时忙着为母亲复仇，空暇时就醉倒在神语香的无边欢乐之中。

他不能让胡不归坏了义军的计划，那与他的复仇大计息息相关，他要这李唐天下动乱飘摇。他也不能戒断神语香。

17

一则喜

在最后一次走进胡不归的院子时，叶知秋眼前还在浮现着岑深病入膏肓的面容，因此胡不归问他“为何非要见那疯丫头一面”时，他愣头愣脑地问道：“见谁？”

胡不归的眼神一下子深沉起来，危险地在叶知秋脸上端详。

叶知秋才明白他说的是杨幻儿，嘻嘻一笑：“放心罢，六师兄，深哥托我去做的那件事，我见完杨幻儿就告诉你，决不食言。”

胡不归付之一哂。

同时，岑深的声音却响在叶知秋耳边：“你要找楚姑娘，我帮不上忙，我和胡不归都不知道她现下的境况。义军的计划一桩是一桩，彼此分开，除了师父他们几位领头的，谁也不知道别人在干什么。”

各行其是倒是个好主意，免得一招行错，被对方拔出萝卜带出泥，一网打尽。叶知秋感叹师父老谋深算，这时岑深又说：“不过，那个盲丫头或许知道。”

“杨幻儿？”叶知秋讶然。

“杨幻儿没告诉你么？”岑深说，“她曾经伴了楚云君好些年。”

杨幻儿和楚云君竟然是旧相识？叶知秋感到头晕，她二位又算是哪门子的亲戚？

“就像皇帝和隐太子也不是一开始就剑拔弩张，”岑深说，“杨幻儿这丫头，原来大家还都挺怜惜她。”

叶知秋想，怪不得何许人院前，杨幻儿能和胡不归互通有无。

“她说她是我妹妹……”叶知秋问。

“这我就不知道了，你自己去问她。”岑深顿了顿，又说，“不过她的话向来只能信一半，也是个邪门的丫头。”

叶知秋走进门时，邪门丫头正站在院子中央。

天不知什么时候又开始下雪，细密的霰雪纷纷洒洒，杨幻儿就站在这雪中，仰着脸，摊开双手，掌心向上，一动不动，几乎像一尊雕塑。

直到叶知秋走近她，她才收回手，没有焦距的浅灰色的眼眸虚浮地望着叶知秋，嘴角却扬起笑容：“叶知秋，你回来了。我真开心。”

她脸颊与鼻尖都冻得通红，透过雪白肌肤映现，更显出琉璃透明之感。

叶知秋问她：“你在干什么？”

“玩呀，”杨幻儿说，“雪比雨好玩，雨比河流好玩，而河流以下，这世界上就没有好玩的了。”

这女孩子从来到世界上就看不见听不到，叶知秋不知道她是怎么学会说话的，但她这样的技能，加上她会用蓍草算计八卦方位，时常炮制出一种行如常人的错觉，会让人忘记她实际上耳聋目盲。而现在，当她说出这样的话，叶知秋蓦然意识到她的人生是何等寂寥。

雪、雨、河流，除此三样，世间再无趣味。

叶知秋想起刚见面时她蹲在河流边濯洗槊枪头，子夜时分，场面悚然，京中甚至由此附会出“白无常”这样的无稽之谈，现在叶知秋回味过来，明白了那时杨幻儿不过是在“玩”。她终究还是个半大的女孩儿。

那句“我是来看你最后一面”，便卡在叶知秋喉咙里说不出来了。

而那句“实际上我压根儿不是来看你，不过找个借口重回这座荒院，好做某一件事”，更是令他如芒在背。

于是叶知秋只好闭上嘴，把手里的东西交到杨幻儿手中。

“这是什么？”杨幻儿摸索着问。

叶知秋放在她手里的是一只铜香炉，香炉中埋着一块银丝炭，炭块尚未点燃。

叶知秋对胡不归说：“这玩意在雪地里玩不成，六师兄舍得借一间房给我么？”

胡不归冷着脸点头，叶知秋就是等他点这一下头，便拉起杨幻儿的手，带她走进最近的那间房——那面画着西京地图的墙所在的堂屋。

杨幻儿在坐席上坐下，叶知秋取过香炉，把里面的炭点着，又从香囊中取出一片沉香，在杨幻儿掌心写：“你捧着香炉，慢慢闻沉香的味道，据说会有九种变化，这是一种很多人喜欢的游戏，叫‘闻香’。”

他的手指触到杨幻儿冻得冰凉嫣红的掌心，这纤巧的手掌仿佛是冰雪雕琢，甫一遇到叶知秋温热的手指，便会融化，连同她整个人一起，慢慢消融于袅袅香烟之中。

这一瞬间不祥的预感令叶知秋停了下来。

“怎么不写了？”杨幻儿问，她眉头微微蹙着，凝神去嗅那变化万端的香味，脸上现出一种诡异的神情。

叶知秋盯着那表情，不知所谓。

过了一会儿，他忽然意识到，这是杨幻儿在笑。

杨幻儿并不是不会笑，实际上，她经常笑。叶知秋相当熟稔那种笑容，那几乎像是一种画在纸鸢上的纤细图案，纸鸢背后是茫茫的虚空，什么情绪也没有，而它本身也飘在极遥远的地方。

这是岑深形容为“邪门”的笑容。

这种笑容像是杨幻儿学会说的“话”一样，她会“说”，但并不知道那些字句是怎样的声调与音色。她也不知从哪里学会了“笑容”，但这笑容并不是因为快乐，也许教她的人只告诉她把这笑容放在脸上，当成一件讨人喜欢的装饰。这装饰实际上却只让人觉得“邪门”，如同她头上的纸花，脖颈上挂的纸璎珞。

“叶知秋？”杨幻儿唤道。

叶知秋回过神，在杨幻儿手心继续写道：“这香囊里有不同的香料，方形的是沉香，圆形的是芙蓉香，条形的是……”

杨幻儿忽然说话了：“叶知秋，你不要过意不去。”

叶知秋手指顿住了，没等他问杨幻儿“你说什么”，杨幻儿捧着香炉，仰起脸“望”着叶知秋：“我知道你不会带我出去了，不过没关系，你不要过意不去。”

叶知秋愣住了。

“香味果然变了，闻起来像掺了一点蜜，”杨幻儿闭上眼，潜心嗅着细细青烟，“我本来觉得，你让夜鹞子查胡不归和岑深的消息，夜鹞子死了，消息是我卖给你的，你却没付我酬劳，那么要求你把我从这院子救出去，你不亏。不过现在不用了。”

叶知秋喉咙涩得慌，渭水河边见到杨幻儿以来，诸多变故，他早忘自己还和杨幻儿做过一笔“生意”，忘了自己竟然欠这个姑娘一笔实打实的债务。

说实话，不用胡不归和岑深提醒，他自己本来就很提防杨幻儿，防着被她利用。因此她要求自己救她这件事，叶知秋甚至从没放在心上。他绝不是个大善人，她也从不显得楚楚可怜，单只是“邪门”。

谁会怜悯一个“邪门”的人?

“为什么现在又不用了？”叶知秋脱口道，他甚至忘了杨幻儿听不见。

杨幻儿却仿佛早已猜到叶知秋的心思：“你给的这个香炉，它比雪还好，我们两不相欠了。所以叶知秋，我不要你救我了，你回来这院子，要做什么，就去做罢。”

她脸上还带着那种叶知秋此前从未见过的，真正的笑容，在氤氲烟雾的缭绕之中，摇摇欲坠。

叶知秋想写“我会救你”，然而最终却只写下：“你一个人在这里不害怕？”

热血涌上头脑只是一瞬，叶知秋还有更重要的事情，每一件都比营救杨幻儿重要。

“怕啊，”杨幻儿说，“不过这个人世间对我来说，哪有不可怕的时候呢？”

“有这香炉就很好了。”杨幻儿说。

叶知秋无地自容。

“我们再做一笔生意。”叶知秋重新在杨幻儿手中写道。

“什么样的生意？”杨幻儿眨眨眼。

叶知秋问她：听说你认识楚云君，你有没有她现在的消息？

“有的话如何？”杨幻儿问。

“酬劳便是，我一定带你出这院子。”

“若我没有你要的‘货’呢？”杨幻儿又问，薄薄的沉香片快要燃尽了，香味变得清淡，却因融入木炭焦香而愈发醇厚，杨幻儿闭目细循，脸上的笑容竟有一丝狡黠的意味——仿佛花儿，一旦懂得开放，就无师自通，凝朝露承暮雨，能生出万般变化。

叶知秋忽觉心头一轻，也笑了，写道：“那我白饶你一回，还是带你出院子。”

“这香……真有意思。”狡黠褪去，笑容犹在，这次又多一重意味。

眼底要哭似的，偏还是笑。

胡不归等得不耐烦，推门而入时，杨幻儿和叶知秋相对而坐，围着铜香炉玩得不亦乐乎。

香烟从炉盖的香孔中袅袅而出。

杨幻儿伸手拢香，嗅了嗅，说：“是芙蓉香！”

叶知秋哈哈一乐，伸手和她对了一掌——这两人现在竟连说话都省了。地上暴殄天物，散了一地香片，有的烧到一半，有的只在炉中煨了一下，立即被杨幻儿猜出名目，就拿出来丢了。

“见够面了没有？”胡不归催道。

“跟小姑娘玩哪能有够啊！”叶知秋伸了个懒腰，伸出右手小拇指，钩住杨幻儿同样的指头，拉了三下。

杨幻儿点点头：“叶知秋，再见。”

“深哥让我通知师父，把你替换下来。”叶知秋说着，一面观察胡不归的脸色，“他说你并没有异心，只是有点走火入魔。”

胡不归不说话，只把手抄在袖筒里，抬头看着天边一只寒鸦慢慢从暗云前飞过去。

两人说话时，已出了院子，朝陋巷口走去。

半晌，他说：“叶九，你想从我脸上看出什么花来？”

“六师兄。”

叶知秋的声音很严肃，胡不归不由得转过脸来，等着他说下一句。

叶知秋说：“六师兄，你真英俊。”

胡不归右手一动，似要抽鞭。

叶知秋说：“比我还英俊。”

胡不归真的把鞭子抽出来了。

叶知秋又说：“六师兄你看你，大大的眼睛，挺括的鼻梁，皮肤煞白，嘴唇血红——当然额头青筋暴起就有碍观瞻了。这样好一张皮囊，师父怎么舍得让你去扮王暄那么个死胖子呢？我想来想去不明白，但就在刚才那一刻，我忽然灵光一闪，醍醐灌顶——”

叶知秋沉浸在新发现的喜悦之中，一拍大腿：“因为您老人家，有一半胡人血统么！这就不仅是好看了，还令人印象深刻，而当一个细作，最忌讳的一点就是引人注意。更何况，你的另一半血统，是从师父身上继承而来的，这要是被人认出来，可就太尴尬了。”

“你想说什么？”胡不归手中的鞭子同他的眉毛一样，危险地挑了挑。

叶知秋也不知道自己在说些什么，但他真正想说的又绝不能说出口。

那面绘有西京地图的墙上，有一些极细小的孔眼，不到一粒芝麻那么大，数量也不算多，东一个西一个散布在地图上。上一次端详这幅地图时叶知秋不仅发现了那些被胡不归剪断的黑丝线头，还发现了这些看似无用的孔眼，叶知秋捻起一根线头，捅进一个孔眼，发现深度恰巧是一枚钉子的长度，但当他想继续钻研时，胡不归进来了。

这样的孔洞，侯君集府上有一个，秦叔宝府上有一个，柴绍府上有一个，尉迟敬德府上有一个……

京城大部分握有军权的武将府上，都有一个。

这就是叶知秋想尽办法重回这个小院的原因——楚云君曾说过，这个叶知秋所喜欢的太平世界，她不愿意毁了它。

这话里有多少柔情，就有多少凉意。

今天叶知秋终于抓住机会端详这些孔洞，它们和上一次相比没有任何变化，看不出什么新发现，但叶知秋端详桌案上放着的线梭，线梭的颜色与地图上的丝线一一对应，除了一只缠着银丝线的线梭。

叶知秋趴在地上寻了半天，终于从地上砖缝中找到一截弯曲的银丝线头。

也就是说，地图上曾钉了一些钉子，钉子上缠着意有所指的银色丝线，也许还挂着一些木头名牌。但现在它们统统被拔除了——胡不归并不是一个有收纳癖好的人，他连那些死人都留在地图上，顶多把名牌背过去。

而在叶知秋之前，这个院子应该不曾有过客人。

杨幻儿是个瞎子。

同剪断的黑色丝线一样，这些钉子和银丝线，只不过为了不让叶知秋一个人看到。

如果被他看到了会怎么样？

叶知秋对着胡不归一面不着四六地胡侃，一面端详胡不归的神色，胡不归是个相当克己淡漠的人，无论叶知秋说什么，他脸上都看不出喜怒，只是抄着袖子，望着天边的垂云。

像是在等待。

无论义军对他而言意味着什么，他都绝不会背叛荀深吾——至少不会去破坏他父亲一辈子的心血。叶知秋知道这一点，岑深也知道。而胡不归也一定会找杜荷算神语香这笔账，以胡不归的性情，天王老子也别想劝得动——叶知秋明白，岑深更明白。

那岑深为何偏要在这时候让叶知秋去传那一句话？

叶知秋回味着岑深说话时的语气和神态，岑深的意思是，杜荷不是不能死，只是不能现在死。

为何?

杜荷的父亲杜如晦是股肱之臣，但杜荷不过是个股肱之臣的儿子，在西京城内别说股肱，连条里脊都算不上。但他娶了城阳公主，皇室血脉中和太子的感情最为笃厚的便是她，而她和杜荷小夫妻感情还着实不错。

若杜荷横死，城阳公主一定会找太子大哥哭诉，而太子……

又一只寒鸦瑟瑟飞过，胡不归极目眺望，叶知秋顺着他的目光望去，感觉自己快要抓住那一闪而逝的灰黑色影子了。

仿照前朝惯例，本朝太子向来担任雍州牧一职，统管雍州府兵，维护京城安全。

隐太子曾当过雍州牧，如今太子李承乾也拿着雍州牧的官印。

当年玄武门之变，隐太子落入险境，雍州府兵几乎眨眼之间都集结在玄武门外救驾，一时撞门声轰然。于是隐太子策马拼命向门外跑去，秦王眼看功亏一篑，大惊之下穷追不舍，却不料已封了齐王的四皇子李元吉觑准了空当，张弓对准了秦王后背心。千钧一发之时，要不是尉迟敬德一槊将李元吉扫落下马，如今的天下会落入谁的手中，还真难说。

杜荷若是死了——不管看起来是不是横死，只要城阳公主一哭诉，太子很可能令雍州府严查杜荷死因，说不定还要亲自过问这桩案子。

对岑深来说，重要的绝不是杜荷，而是不能在眼下这个节骨眼上惊动太子——惊动太子去过问雍州府。

太子是雍州府的最高长官，但身份贵重，当然不可能亲力亲为，职责平时全落在州府长史手中。

难道说，眼下并不是“平时”？

叶知秋想到“尺素书”上的名单，义军在太子身边安插了岑深，在雍州府安插了胡不归，此外还有许许多多人，这些人叶知秋连认都不认识，但他们显然已经组成了一个局。

这个局将要缠住哪些人……

西京地图上，微小的钉眼一个个罗列在叶知秋眼前：柴绍、秦叔宝、侯君集、尉迟敬德……

这些人手中握有的军权，可撼摇天下，更甚者，可令九州烽烟再起。

他们是皇帝周围的铜墙铁壁。

但若是陡然生变，瞬息之间，雍州府兵却能在最短的时间内闯进这些人的豪华宅邸，把刀架在他们脖子上，四两拨千斤地使他们乖乖听话。

原本是皇帝赋予将军们军权，将军们住在京城，京城安危由雍州府控制，雍州府归太子管，太子和皇帝是一家——天下太平时彼此倚仗，人心浮动时彼此制衡。

荀深吾却在这完美的制衡之中横插进一把尖刀，十多年来安分蛰伏，现在，却到了杜荷不能死的时候——那把以一生的隐恨所锻造的尖刀要开始饮血了。

叶知秋忽觉视野内一片鲜红，眨眨眼，还是个萧瑟寡淡的冬日白昼。

“六师兄，留步罢，”叶知秋站在陋巷口，巷子外是热闹的人间，“你也知道我的斤两，我可没那个本事闯进你的院子，去救杨幻儿。”

胡不归目送叶知秋吹着口哨走远。

他的院中，杨幻儿仍在室内把玩香炉。

胡不归拿一支干净毛笔，蘸上清水，在杨幻儿手中写字：“你既背叛九皇子，又不给我们任何有用的消息，你在等什么？”

杨幻儿说：“我在等叶知秋救我。”

胡不归：“你倒试试看，是你的命长，还是叶知秋的本事大。”

杨幻儿一笑：“好呀！”

胡不归：“你到底想干什么？”

杨幻儿嗅一嗅香气，惬意地叹一声：“我要做的事情，你们猜都猜不到。天底下，没有一个人能猜到。胡不归，我们打个赌，看我做不做得成，如何？”

胡不归：“彩头是什么？”

“是很多人的命。”杨幻儿说。

18

一支箭

齐王府里无齐王。

齐王李元吉早在玄武门之变时就死在尉迟敬德槊下，而后旧的皇帝退位成太上皇，新的皇帝登基，封尉迟敬德为鄂国公，赐齐王府为鄂国公家宅。

齐王府里现在住着杀死齐王的鄂国公尉迟敬德。

叶知秋走到齐王府角门前，门房认出了叶知秋的官服，很客气地问他要名牌，叶知秋把一个白棉布包递过去，门房打开来，里面是一枚槊枪头。

“这……”门房狐疑地问。

“鄂国公自当认得。”叶知秋说，并没有什么底气。杨幻儿只交代他把槊枪头送到齐王府，她便能得救。

他在茶房里等了一会儿，喝了半盏茶，这时门帘一掀，叶知秋手一抖，差点儿把茶碗砸了——门帘缝隙里支出来一张满脸白毛的猿脸。

白毛老猿还穿着相当合身的黑袍，帽子戴得比叶知秋像样，亦步亦趋地走来，吱吱叫了两声，毛爪子指了指桌上的茶果。

叶知秋点点头："请吃。"

老猿吃就罢了，居然还给他作个揖。

叶知秋看得目瞪口呆，觉得自己平时也及不上它老人家有礼貌。

"喂，还走不走？"红衣女童在门口叉着腰数落。

"去哪里？"叶知秋问。

"嗬！你这人好大官架子！"女童气哼哼道，"你自己送了见面礼，倒问我要见谁？哼，不见拉倒！"

叶知秋以为是去见鄂国公尉迟敬德，没想到七拐八扭，竟一直走入齐王府内苑，穿过好几重门，走过一片梅花林，跨过一座九曲桥，走进一座静谧的别院。

在别院的花房里坐等了一会儿，女童和老猿拉着手自顾自走了，叶知秋又喝一遍茶，吃一遍茶果，刚喝得尿急，一阵香风扑面，一个窈窕女郎走进门，向叶知秋行礼，锦绣腰带上环佩璆然："叶使君，摇光夫人请你相见。"

跨过一扇雕花门，掀开一幅水晶帘，叶知秋才见到这位摇光夫人。

甫一见面，已经能猜到她的身份。

即便只看脸，这位摇光夫人和杨幻儿就已极其相似，更何况她的穿戴和杨幻儿如出一辙，一身缟素，只不过佩戴的首饰是白玉、珍珠、象牙，不似杨幻儿的纸花。

女童坐在她身边捧着一块点心啃，老猿不知何处去了。地上站的婢女全都低着头毕恭毕敬，这小娃娃不知什么来头，倒是放得开，坐姿与吃相极恣意，点心屑扑簌簌下雪一样地往下洒。她仍穿一身红衣，衬得摇光夫人的一身打扮活像是一张血色褪尽的脸。

一瞬间，叶知秋恍惚猜想和这位摇光夫人说话是不是也得在她手心里写字。

幸而摇光夫人五官六感正常，她伸手对叶知秋说："请坐。"

目光奕然有神，气度雍容。

她面前案几上放着那枚槊枪头，摇光夫人伸出手，丰腴柔软的手指在铁器上轻抚一下，叶知秋等着她问杨幻儿的近况，这个妇人却只是盯着叶知秋脸上看。

这种目光简直令人无所适从，叶知秋很想诚恳地告诉她：在下可以摸着良心发誓，我一个铜板便宜都没占您女儿的。

杨幻儿的话在他耳边一遍遍回响："我是你妹妹……"

果不其然，看够了，摇光夫人问道："叶使君年齿几何？"

这一上来就问年龄……叶知秋感到腹内尿意磅礴。

"杨幻儿被人扣押了，"叶知秋说，"她说凭这槊枪头，会有人搭救她。"

摇光夫人一声叹息："她肯把这东西给你，可见是很信赖你了。这东西她一出生我就给她带在身上，这么多年，还没见她离过片刻。"

见过给孩子金锁银圈玉挂坠，没见过给个铁枪头的。

且叶知秋自从踏进这齐王府，就越发觉得杨幻儿的这只槊枪头令人浮想联翩——齐王当年就死在尉迟敬德槊枪之下。

"这枪头……"叶知秋问。

摇光夫人说："叶使君，我姓杨，我父亲的名讳是杨士贵。"

怪不得这位夫人举止气度这么讲究，原来是前朝观王杨雄的亲侄女，观王与前朝开国皇帝杨坚同宗，与隋炀帝同辈，死于隋炀帝亲征高句丽途中，隋炀帝赐谥号“德”，追封十郡太守。杨雄有个女儿，在当今皇帝仍是秦王时就嫁为妃子。

叶知秋问：“那如今的燕德妃殿下——”

“是我表妹。”摇光夫人说。

叶知秋说：“您是齐王妃殿下。”

摇光夫人在座上微微颔首。

“那杨幻儿岂不是齐王殿下的……”叶知秋说。

这对母女的孝衣，原来是为已故的齐王穿的。摇光夫人固然情深义重，但让女儿一出生就披麻戴孝，叶知秋只觉心中一阵翻腾的恶心。

而杨幻儿非要管他叫作“哥哥”，她既是齐王的女儿，那这声“哥哥”，到底是她随口使诈，还是她知道什么不可告人的秘辛？

师父书房中，皇后托人转赠的那副字——“莫愁前路无知己，天下谁人不识君”，像三尺白绫，勒得人心脏似要爆炸。

“这枚槊枪头，是从尉迟将军当年斩杀齐王的槊枪上取下而来。”摇光夫人说着，朝一名婢女看了一眼，那婢女便向叶知秋款款走来，为他斟茶。在叶知秋身旁侧身跪下时，这婢女将一枚饴糖极快地放入叶知秋手心，同时低声说道：“阿晴是尉迟将军的眼线，务必使她睡去，才好相谈。”

叶知秋拿着糖，便向上座的红衣女童招手。

女童吃了糖，果然昏昏睡去，摇光夫人说：“阿晴是尉迟将军的孙女，有她在这里，我们不方便说话。”

叶知秋将阿晴轻轻放到身边，婢女前来将人抱走，叶知秋拦道：“不用，我看让她睡这儿也挺好。”

阿晴的睡颜极可爱。

胡不归的院中，杨幻儿提起过这娃娃，她说：“以眼下的局面，我母亲可能要杀你，她的手段你可应付不了——还记得西市酒肆那些天罗地网一样的银针么？不过制住她倒也不难，只要你别让自己离开阿晴的视线。”

这时摇光夫人问叶知秋：“阿晴可睡熟了？”

“睡熟了。”叶知秋说，“夫人有什么办法救幻儿？”

“我一个女流，叶使君都没办法，我就更没有办法了。”摇光夫人说，“少不得，要麻烦老朋友。”

“若要请人相助，我倒愿意为夫人跑一趟腿。”叶知秋说。

“那便请叶使君同我的丫头一起，去请尉迟将军。”摇光夫人指着一名婢女道，“莺歌，你为叶使君引路。”

叫莺歌的婢女向叶知秋走来，叶知秋起身，莺歌行了一礼，叶知秋没有还礼，却后退了一步。

莺歌不解地看着他。

叶知秋说：“我不敢低头，也不敢把手从刀上拿下来向姑娘还礼。我怕你拢在袖子里的那只手用翻浪针射我。”

莺歌脸色陡然作变，叶知秋却比她快，先一步出指在昏睡的阿晴身上点了一记。

阿晴轻哼一声，醒了过来。

莺歌的手只得收回袖中，三道曲形银芒在她指缝间一闪而逝。

摇光夫人却在坐席上八风不动，只微微点头："幻儿把翻浪针这名字也告诉你了，这丫头，真教人操心。"

"幻儿是难对付，"叶知秋深有同感，"但人，还是要救的。"

摇光夫人一抬手，婢女便送来笔墨，摇光夫人写了一张便笺，令婢女递给叶知秋："就让阿晴带叶使君去罢！"

叶知秋接过便笺："夫人倒不担心幻儿流落在外这么久，为九皇子殿下招来是非？"

"怕招惹是非，便不入这局了，"摇光夫人说着叹息一声，"且子女长大成人，哪还能听从父母的意思呢？"

倒是有些因杨幻儿的桀骜而无奈怅惘的意思。

"杨幻儿最喜欢三样东西。"叶知秋说。

"是么？"摇光夫人矜持地微笑，"女孩儿家么，脾气再倔，也还总会喜欢一两样上不得台面的小玩意儿。"

叶知秋也笑了一声，躬身而退。

杨幻儿独自在雪地里赏玩飞雪的那一幕，现在想来，倒比叶知秋亲眼看见的那一刻还要使人感到寂寥。

"叶使君。"摇光夫人唤道，叶知秋转回身，她又没什么特别的话要讲，只说，"再会。"

叶知秋本拟就此走开，想了想却还是停住脚步，说："九皇子也好，太子也好，杨幻儿的身世也好，尉迟将军怎么让夫人住在这里也好，我都不关心，所以全都懒得打听。杨幻儿那丫头我是看着可怜，所以跑这一趟看看能不能救，救不成也就算了，非亲非故，我着哪门子急呢？”

说完抬腿走人。

这些自持血统和身份的人，弥望天下，就数他们最讲究人情世故，茶不可斟满，话忌讳说全，要矜持，要含蓄，要讲究，要死要活。

他们懂个屁的人情。

只有穿着遮羞布的欲望在他们含笑矜持的眼底翻腾。

摇光夫人脸色变了变，开口要说话，叶知秋截断道：“不用客气了，我尿急，先走一步。”

他很想念跟那些江湖朋友喝酒划拳的日子。

阿晴拉着叶知秋的手：“嘿，看不出来你说话还挺带劲，跟说书的似的！”

“那是！”叶知秋面对一个小丫头原形毕露，“哥哥我可是混过江湖的人……”

“你不是哥哥，我得叫你叔叔。”小娃娃理直气壮地说。

“这就不地道了啊，小心哥哥揍你——我的妈！吓死老子了！”

白猿不知从哪儿蹿了出来，冲叶知秋威胁地龇牙咧嘴，阿晴很得意：“你敢揍我，白老头就会揍你。”

“你爷爷从哪里弄来这么个活宝陪你玩？”叶知秋问。

“不是爷爷送的，是大鸡蛋送我的生日礼物！”阿晴说。

“大鸡蛋是谁？”

“我这不正和白老头带你去么！”

叶知秋轻功卓绝，跟着白老头闪转腾挪，赶到地方时，愣是喘得像头大叫驴。

阿晴趴在白老头背上咯咯直笑，叶知秋梗着脖子咽唾沫：“叫你们慢……慢……咳咳……慢点。”

“大鸡蛋——”阿晴放声大喊，路人侧目纷纷。

叶知秋脸上火烧火燎，讪讪地向旁人嘀咕：“这不是我女儿，而且我打不过她的猴子……”

此时两人站在西京东南角的芙蓉园，园中有一泓池水，名为曲江，冬日萧瑟，池面虽未结冰，也没有什么好风景可看，只有几片衰败的荷叶倒伏在水面上，游人零星可数。

阿晴嘹亮的童音在河面上飞溅。

“大鸡蛋住在水里么？”叶知秋问她。

“你是傻子么？”阿晴匪夷所思地望着他，“哪有人住在水里的，你当是鲛人？”

叶知秋觉得现在的小孩儿太难对付了，他小时候还相信每一个水池里都住着龙王的蟹兵蟹将。

一只木盘飘在水上，盘子里托着一只瓷杯，顺水漂流而下。

白老头猿臂一伸，就将杯盘捞上岸来。

杯子里没有茶，也没有酒，放着一块酥糖，这自然是给阿晴的，糖下压着一张纸：平康坊落英院相见。

叶知秋和阿晴赶到落英院，推开门，文心的光头在天光下果然像一枚煮熟的鸡蛋。

阿晴扑进文心怀里，四处乱掏找糖吃，文心把她哄进内间，内间桌上摆满了各色糖果，小丫头乐得在床上打了两个滚。

文心对叶知秋说：“鄂国公府上的人我是一概不见的，除了阿晴。只有她，还有几分鄂国公当年驰骋疆场的豪爽气。小叶，几天未见，我很惦念。”

“我正好也有事要知会你。”叶知秋说，“现在大概还来得及，不过要先把杨幻儿救出来。”

文心接过摇光夫人写的那张纸笺，扫了一眼，揣入怀中：“无量寿佛。我当年将齐王妃殿下从宫里带出来的时候，原没想过她性情刚烈至此。”

叶知秋叹为观止：“你和齐王妃还有一腿？”

文心蹙眉：“小叶，我对宋二爷是很专情的。”

宋二爷额头上那道长虫一样的丑陋长疤立刻跃到叶知秋眼前，他赶紧转移话题道：“虽说当年皇帝迷恋齐王妃美貌，齐王死后不久就把人接进了府中。但隐太子也好，齐王也好，不都斩草除根了么，怎么还留了个遗腹子？难不成杨幻儿也是被调了包才……”

文心只是念佛。

叶知秋打量他的脸色：“怎么，宋二爷跟你吵架了？”

文心叹了一声：“杨幻儿倒是不避讳这一点，她没和你说么？齐王去世后，齐王妃才怀上了她。”

叶知秋想了想：“皇帝的种？”

文心摇头。

叶知秋顿时来了兴致，捅了捅文心，促狭道：“你的？”

文心又叹了一声：“齐王的。”

“你信不信齐王变成一道霹雳打死你？”叶知秋说。

“秦王登基后理应册封一众妃嫔，那时齐王妃抗争了一次，册封一事便作罢。等过了几年，陛下又想起册封，齐王妃看逃不过，便托人找到我——当年柏谷坞一役，秦王东征洛阳是和齐王一道，由此我和齐王也算有一点交情。后来我云游途中又被陛下找回来，陛下的公主之中，高阳公主素喜佛法，常招我去后宫论佛，被齐王妃听说，请我去，央求我带她出宫。我便以放齐王妃还家为条件，答应替陛下办事。”

叶知秋笑了一声：“你还真的修菩萨行。”

“只是一点念旧的心思罢了，”文心说，“本以为她会离开京城，没想到过了两年，就听说她生下了一名女婴，这来路自是蹊跷，可齐王妃一口咬定女婴是齐王托梦所生，当时我便想，齐王妃也是入了魔障了。”

“她是心里有愧，又有恨，抛不开，又下不了决心一死了之，”叶知秋说，“所以开始穷折腾。”

文心笑道：“确实是穷折腾。只可怜了那孩子，无端端来人世苦一遭。听说齐王妃费尽心机，找来一个与齐王有五六分像的人，等一怀上，就把替身杀了。偷偷告诉我这件事的婢女，我也再没见过。那时她已住进了齐王府。”

“尉迟敬德是怎么想的，不怕齐王妃趁他睡觉用银针把他扎成刺猬？”叶知秋问。

“九皇子托的情。”文心说。

“九皇子加上齐王妃，尉迟老头是不太好驳了，怪不得他只有让阿晴盯着，”叶知秋说，“有人告诉我说杨幻儿听命于九皇子，原来早在那时候他们就勾搭上了。”

“原本我托杨氏宗族代为照拂齐王妃，”文心说，“这里还要牵涉到你师父，当年你师父想赶在杨氏宗族之前把齐王妃接走，却不料两拨人谁也没接上，齐王妃一出宫就不见了，一年后住回齐王府，我还道是尉迟将军心生愧疚之故。那时尉迟将军已经退隐，旁人也无从打听各种原委。”

“九皇子英雄出少年呐！”叶知秋凉飕飕地感叹，“我说摇光夫人跟我八竿子打不着，为什么要杀我。原来是九皇子要杀我，是帮他母亲——皇后杀么？我怎么就这么招人恨呢。文心和尚，你是不是看我可怜，今天才破天荒跟我说这么多？”

“你哪里可怜，杨幻儿才可怜。”文心说。

“那丫头厉害着呢！”叶知秋大笑。

文心正色道：“小叶，我和你说这么多，你看这里乱纷纷一片人要算计这样，那里闹哄哄一票人要谋划那样，熙熙攘攘，利来利往，你是个看得破的聪明人，陷在这局中，且不说能得到什么好处——我只问你，你能觉出什么乐趣呢？”

叶知秋冷笑一声：“原本是皇帝和隐太子，后来加进个皇后，现在又有九皇子、太子，还捎带一个齐王妃，多好玩啊！”

文心说：“小叶，你这表情快赶上杨幻儿了。”

叶知秋在寒冷的空气中呵出一口白雾，笑意也跟着散了：“这两天下来，我也觉得没意思透了。救了杨幻儿，找到楚云君，我就走。”

“杨幻儿我一定帮你救出来，”文心说，“你现在就走，你和楚姑娘有缘，她自会来找你，缘分若是尽了，你留在哪里都是白搭。”

叶知秋沉默了很久。

半晌，他说："行罢，我也觉得我挺犯贱。我看你救了杨幻儿，我就走。"

文心直盯着他，看得叶知秋心里发毛："我还能骗你不成！"

"你为什么非要救杨幻儿？"文心说，他脸上有种欲言又止的神情，仿佛担心叶知秋知道了什么。

叶知秋说："莫……"

说了一个字，他又改了主意。

莫愁前路无知己，天下谁人不识君——这句诗已经反复述说和品味了太多次，别说是诗中的情致，连背后的杀意都被咀嚼得只剩下一堆干巴巴的残渣，散发出陈腐且丑陋的气息。好好的人话偏要绕着弯说，叶知秋已经厌烦透了，杀人都要杀出一百种花样是怎么的，彰显贵族风范、王室气派？

而且反正文心也不会跟他兜底，那么索性吓吓和尚，至于要救杨幻儿的真正原因，这世界上只有他和杨幻儿两个人知道。

于是话到舌尖打了个转，叶知秋说："莫……非你不知道，杨幻儿是我妹妹？"

人世的笑料其实不少，但大多数是要人笑出泪来。

全都不如眼前的文心好玩——一枚惊讶的大鸡蛋。

19

叶知秋去买了一坛好酒，比新丰酒还要好，是十年陈的杜康。

这几乎花光了他身上最后一个铜板。

杜康有一碗醉三年的美称。

叶知秋曾经想过，等有朝一日他卸却官场的蝇营狗苟，纵情江湖之时，就买一坛杜康酒为自己饯行，一路喝，一路仗剑出长安，西出阳关，南下江南，北边是苍茫大漠，东边百川入海，凭借沛然酒意，男儿何处不是家……

酒是文心跟他一起去买的，那时他们已经商定下救杨幻儿的具体细节，文心说立刻可以动手，叶知秋阻止了："我要去买一坛酒，喝够了，再说其他。"

看叶知秋买了杜康，文心脸上有一瞬间的释然："小叶，看来你是真的打定主意要走了。"

叶知秋不答，拍拍酒坛："这酒我就不请你喝了。"

三天以后，文心敲开胡不归的院门。

胡不归警惕地看着和尚，他们曾一起去秦宅救秦抱鹤，但这不代表他们就称得上是朋友。文心说："我意外得到一个消息。你曾知会我秦抱鹤有危险，人虽然没救成，总是我欠你一个人情。"

"秦抱鹤是我大师兄，你我不欠什么。"胡不归说。

文心瞥了一眼胡不归身后，那些饲喂神语香的疯子们在胡不归身后蠢蠢欲动。文心还不曾来过这间院子，看那些疯子的形状，心想叶知秋说得不错，的确已成了些人不人、鬼不鬼的野兽，任谁功夫再高，也抵不过二十来条穷凶极恶的疯狗。

文心说："你有一个师弟，姓岑，曾生病早夭的，可有其事？"

胡不归问："你要说什么？"

"我倒是听说，叶知秋从王暄府上带走了一个姓岑的青年。"文心说。

胡不归的眸光凌厉地一闪："无稽之谈。"

文心说："我话带到了，后续如何，是你的事。"

说着朝巷外去了。

胡不归本拟审问杨幻儿，犹豫再三，还是从袖中取出香囊，将神语香撒向饥渴的疯子们，身形一闪，出了院子。

香灰四起的同时，另一条人影几乎是与胡不归同时而动，两人交错而过，胡不归向院外去，文心飞身进院，胡不归的女徒弟在院中扫雪，见到文心不及过招，便被文心轻飘飘一掌打落在地，东北角落的厢房传出浓烈香味，文心循香而去，找到了杨幻儿。

叶知秋曾嘱咐她："日夜点着香炉，直到我来救你。"

文心踢门而入，香雾片刻之间便会消散，文心必须在疯子们从神语香中回过神来之前出院子，否则就别想出去了。

“香散要多久？”文心问过叶知秋。

“三息之间。”叶知秋计算过。

文心阔大的海青袍袖一挥，将杨幻儿揽到怀里，杨幻儿眉头皱起：“你不是叶知秋。”刚要挣扎，文心钩起她小拇指，拉三下，再拉两下，这是叶知秋和她约定的暗号。

杨幻儿安顺下来，文心运足功力，提起院中的女徒弟——疯子们不仅受神语香控制，还会辨认胡不归和女徒弟二人的气息，旁人即便有神语香，也一概不得出入。

文心左拥右抱，携二人箭一般飞驰出院——杨幻儿在他肩头惊呼，她感到一大波可怖的气息骤然逼近，然而疯子的手只把文心的海青撕出几条口子，文心终是狂奔到巷子口。

来往行人惊疑不定地打量这个衣衫褴褛的和尚，手里抓着一大一小两个漂亮姑娘，便有人朝和尚疲惫的身影啐一口：“呸，世风日下！”

和尚摸摸光头，不放在心上。

“放我下来。”杨幻儿说。

文心在她手心写：我送你回齐王府罢。

“我不回齐王府。我和叶知秋约定了相见的地方，自会去等他，”杨幻儿说，“多谢你救我，请回。”

在分别之际，杨幻儿忽有所感，拽住了文心的袖子：“我以前见过你。”说着又歪着头想，“但我想不起是什么时候了，真奇怪。”

文心笑起来，蹲下身，在杨幻儿手心写：“我们的确见过，那是你很小的时候。你记性很好。”

“我记得你的气息。”杨幻儿说。

文心莞尔，问她：“是什么样的气息？”

杨幻儿也笑了，捧着手里的铜香炉：“和叶知秋一样，傻瓜的气息。但闻着还不错。”

叶知秋在王暄宅中等了不多久，胡不归就赶到了。

两人在岑深的卧房中见面，床铺上是空的，只留下几条被斩断的棉绳，胡不归朝床榻扫了一眼，抽出鞭子便朝叶知秋劈过来，叶知秋躲得快，心有余悸地看着好端端的木床被劈得碎成好几瓣。

接下来叶知秋被赶得一会儿上梁，一会儿钻桌，好不容易逃出门来到花园里，只见半空里寒光一闪，叶知秋旁边一座凉亭愣是被抽断一根柱子。

叶知秋连连咋舌，叫道：“六师兄，要杀我的人这么多，你好歹讲个先来后到么，哎哟喂！”

胡不归只管劈头盖脸挥鞭，叶知秋说：“我们谈条件，谈条件！深哥在我那儿好着呢，我就差把他供起来了，真的！”

胡不归终于收鞭，只是捏着鞭子的手实在太用力，骨节噼啪作响。

“谈什么条件？”胡不归问。

叶知秋说：“其实呢，今天这一出是调虎离山，你来这里，文心就好去把杨幻儿救走了。”叶知秋也佩服自己这节骨眼上还这么敢说，但他补得也快——“深哥快要死了！但还有一条活路！”

面对胡不归阴沉的面色，叶知秋气喘吁吁地补充：“是最后的，唯一一条活路。”说着，他掀开岑深床榻上的被褥，被褥下赫然躺着谢蓬莱送岑深的那把剑。

胡不归怒意愈盛：“你还偷了……”

叶知秋拿起剑，拧转剑鞘，空气中忽然响起一阵蜂鸣，胡不归心中一惊，侧身要躲却已经来不及，空气中银芒一闪，胡不归瞳孔骤缩，却见那蓬银针从剑鞘顶端射出，不是向他而来，而是钉入另一侧墙壁上。

“深哥不擅舞刀弄剑，”叶知秋收回手，“七哥这么个精细的人，生日贺礼怎会送一把剑呢？”

叶知秋把剑递给胡不归：“六师兄，你只道是绑住了深哥，为他断绝药瘾。可是以深哥的身手，若他想脱身，那些棉绳即便是打满了死结，能困得住深哥一时半刻么？”

胡不归仔细端详剑上的机簧，心中只觉茫然。

“文心和尚是受谁之命不用我说了，他的话应当可靠，”叶知秋说，“我托文心打探一件事，今天刚得的消息，关于太子的——他并没有染上神语香的药瘾。六师兄，深哥在太子身边潜伏多年，并没有使用下作手段，使太子染上药瘾。”

胡不归霍然抬头，紧盯着叶知秋。

叶知秋笑了笑，摇头道：“不，你想错了，深哥也没有背叛师父。

“我曾经一心想去江湖，但我近来才知道，我这想法竟是受了不知什么人的心蛊才生出来的。但即便如此，我还是想去江湖，还是觉得这繁华的西京城无聊透顶。究竟是我受了心蛊的影响摆脱不掉，还是说即便没有心蛊，我也还是想去江湖？”

叶知秋说：“六师兄，人有时候是很矛盾的，自己也未必知道自己到底是怎么回事。深哥一心要报他的杀母灭族之仇，这固然是他一直以来的执念，但除此以外，他就没有别的念头了么？”

胡不归凝视着剑鞘上刻着“岑”字小篆的白玉。

少年时曾有很长一段时间，胡不归觉得岑深这个人像是自己的一面镜子，一面令人愤怒和厌恶的镜子。

他们两人身份同样低贱，凤四顶多是个流民乞儿，被师父捡来收养，他和岑深则一个是胡姬的私生子，一个是逆臣罪人之子。偏偏岑深全无自知之明，整日里看书写字，闲来玩玩九连环，比谢蓬莱还要像个富家公子。

胡不归性格冷漠，和谁都没多话，和岑深更不对付，有时候连个眼神也懒得给，直接从鼻孔里出气。

岑深真把自己当贵公子，气度大得令人牙痒，胡不归越是又臭又硬，他越是温雅从容。同门师兄弟一起吃饭，他问胡不归“要添饭么”，胡不归说“关你屁事”；校场演武，他说“我于刀剑没有天分，请六师兄指点一二”，胡不归说“滚滚滚”。诸如此类，几成一景。

直到有一年元宵，师兄弟宴席上一团和气，令胡不归气闷，便寻机溜出去看花灯，翻墙时，墙根下一个人影险些吓死他，定睛一看，岑深这小子居然抱着一坛酒在对月独饮。

“六师兄，凑一口？”岑深把酒坛递过来。

胡不归照例用“滚”字诀对付他，岑深低声发笑，也不知笑声中是不是真有一分挑衅两分轻蔑，还是浓烈的酒气撩拨起少年人心中那点愚蠢的英雄气，胡不归夺过酒坛猛灌一口，那辛辣之味真是终生难忘，还有那场咳嗽，差点儿把五脏六腑都咳出来。

而且胡不归还非常不英雄气地呕吐了。

这是胡不归第一次喝军酒“烧刀子”，也不知岑深从哪里搞来的，但一呛之下，心中那点郁闷倒消解了很多。

“你居然喝这种鬼东西？”当时胡不归很意外地问岑深。

岑深一笑：“以毒攻毒，方能解毒。以痛止痛……”

“方能解痛？”

“才最痛快啊！”

那一年月色很敷衍，黑暗中看不清人脸，但粗劣的烈酒放纵了情绪，这情绪在年少的声音中恣意骋骛，一霎听得真切。

“原来你平时都是伪装，装得还挺人模狗样。”

“并不是伪装，”岑深说，“只是懒得去想。我这人身体不好，大夫说不能忧思过度。”

“那你还喝这种酒？”

“不痛快么？”岑深犀利地反问。

“喝起来倒是挺痛快……”

人是矛盾的。如果复仇这件事让岑深很痛快，他为什么要服神语香？又为什么不引诱太子也吃？但他再吃下去就要死了。两个命运极其相似的人，胡不归仿佛能从岑深的濒死之境中观照到自己的未来，这让他辗转难安。

要想让岑深活下去，只有让他戒药瘾。岑深自己下不了决心戒断，却也不曾真正反抗胡不归绑缚他的绳索。

一半心思想戒，又不舍得戒。

那要戒断岑深心里的苦毒，只有让他……

戒断这场人生。

而岑深要戒断的，也正是胡不归必须弃绝的。

叶知秋把一个布包递给胡不归，心里觉得荒诞：这布包，正是文心为他准备的，他没有接受，现在却反赠给胡不归。

“里面是新的度牒和身份，六师兄，你带着深哥离开西京，云游去罢！”叶知秋诚恳地说，“趁现在深哥不省人事，我们替他做这决断。我给他灌了酒，十年陈的杜康，怕只有这酒能暂时压住神语香的药性。”

但义军的筹谋……

叶知秋说：“我大约知道义军的计划，但我不会向你证实，你和深哥只需要离开，不需要叛谁。六师兄，义军的计划无论成败，都将源源不断没有尽头。前朝覆灭到现在新朝建立，其间杀出多少路烽烟，明争暗斗岂能以万千计数？如今不仅是皇帝和义军到了图穷匕见的时候，还有九皇子要夺太子的储位，两位皇子都打算拿义军当枪使。更别说计划万一失败，就是全军覆没。”

“但深哥的活路，只有这一条，”叶知秋说，“也只有现在。还是说，六师兄也想来争一争这所谓‘天下’？”

叶知秋是最后一个离开“王暄”家宅的。

他跨出门槛，掩上大门，临走，摸了摸门上的铜门环。

王暄宅中现在还有人，丫鬟、仆妇、小厮各行其是，这是为了维持明面上的假象，让师父无法察觉胡不归和岑深的离开，胡不归的女徒弟将暂时假扮这两人，等风头过去，叶知秋也会安排她离开。

因此这座宅院现在虽然仍有好些人在其中忙碌与生活，对叶知秋来说，它已经空了。

王暄的家宅空了。

落英院空了。

北堂也空了。

叶知秋的钱袋更空。

新丰酒是买不起了，叶知秋到相熟的酒肆，涎着脸赊了两碗烧酒——即军中所称“烧刀子”，一口咽下，真是入喉如割喉，令人涕泪横流。

叶知秋便噙着两泡热泪一直喝到夕阳西下，等到天黑透了，月亮明晃晃地挂出来，才摇摇晃晃地朝渭水方向走去。

中渭桥下，少女一身缟素，这次她没有把手伸在水里玩，而是捧着香炉，香烟一丝一缕地吻她脸庞。

“叶知秋，你喝酒了。”杨幻儿不等叶知秋走近，就辨别出来了。

“喝了一点儿，抱歉。”叶知秋挠挠头，写道。

杨幻儿摇头，笑道：“酒是好东西，我喝过一次。”

“感觉如何？”叶知秋问。

“感觉很痛快，”杨幻儿说，“可惜后来再没有人想到送我酒喝了。”

叶知秋好奇道："谁这么使坏，骗你喝酒？"

杨幻儿闭上眼，眉眼舒展，嘴角隐现一痕浅浅的笑意："云姊姊带给我的。喝过以后，我做了很好的梦。"

荀深吾曾想拉拢齐王妃，使义军多借一分齐王的声名。这件事里出面的是楚云君，这些叶知秋全是从杨幻儿这里知晓。知道得越多，他就越觉得楚云君真像是天边从流飘荡的云絮，看起来绝好无匹，也让人心生欢喜，只是触不着。

即便她近在眼前，伸手去碰，握到手里也只有一捧空虚的凉意。

杨幻儿说："就是那一次，她告诉我她遇到你了。你比我跟她形容的还要好，我问她喜欢你是什么样的感觉，她就让我喝了那一回酒。我还记得酒的名字，叫杜康。"

叶知秋在冬夜的寒气里使劲搓搓脸，问杨幻儿："那她留给你的讯息会在哪里？"

"就在这附近，"杨幻儿说，"你一棵棵树找，找到一棵上面刻着一朵云的树，她要是留给我东西，就在那棵树底下埋着。"

"每次的树都不一样？"叶知秋问。

"对的，"杨幻儿说，"不能让别人知道我们还有联系，于我于她，都太冒险。"

这便是叶知秋费尽心机要救杨幻儿的真正原因。

楚云君和杨幻儿偶尔会通消息，但并不约定时间，两人处于不同的阵营，这样暗通款曲实在是冒了天大的风险。杨幻儿答应叶知秋，一旦他把她救出来，她就带他去找那并不一定会存在的讯息。

你们一般都交换些什么消息？——叶知秋问，杨幻儿常年替九皇子传递消息，她耳聋目盲，那些消息过她的手，她无法走漏给任何人，保密性最好。但如果只是这样，楚云君又能从她这里交换到什么消息，还是说杨幻儿自有手段？

“我们交换的有很多，”杨幻儿说，“有时候是吃的，有时候是玩意。有一次我过生日，云姊姊为我作了一句诗，但字必须刻在什么东西上，我带在身边还要防止被人发现，所以不常这么做。有一次，是一只蜗牛，它从我手背上爬过去，凉丝丝，黏糊糊，我玩了一阵，放生了——叶知秋，你怎么不走了，找到树了么？”

“没有，还在找。”叶知秋说。

渭水河幽咽流淌，呈现出光滑柔软的黑色。

两个姑娘玩着这种命悬一线的游戏，传递的却是令人无论如何想象不到的东西。

这些东西，恐怕那些所谓局内人、布局者连看也不屑看上一眼。

叶知秋找到了那棵刻着一朵云的树，是一棵荏弱的小垂柳。

叶知秋用唐刀掘开树下的土壤，找到一个布包。

“是什么？”杨幻儿问。

叶知秋有一会儿没说话。

“叶知秋，是什么？”杨幻儿等得急了。

叶知秋默默把东西放进杨幻儿手里，杨幻儿手指焦急地抚摸确认，越摸越慢，最后停下来。

杨幻儿抬起头，虚空的眼眸寻找着叶知秋的方向，晶莹的泪水蓄积在眼眶中，颤颤的。

“叶知秋……”

泪水滚下脸颊。

杨幻儿手中，是与叶知秋送给她的礼物极其相似的东西——一只白玉香炉，大小正好适合杨幻儿双手捧握。

叶知秋沉默地把香囊也放入杨幻儿手心，不用打开，只要摸一摸，叶知秋就知道里面放着形状各异的香品，杨幻儿可以仅凭摸索取用任何她想要的香品，此外还有一卷竹简——现在已经没有人使用古老的竹简了，楚云君在竹简上刻下了一行行说明，教授杨幻儿“闻香”的步骤。

竹简最后，刻着长长短短的竖道。叶知秋曾在何许人院中见到过，刻在胡不归给杨幻儿的瓦片上。

叶知秋看着杨幻儿摸索这些竖道，问她：“这是什么？”

“这是我和云姊姊发明的文字，原是为了义军从我这儿传递消息给我母亲，”杨幻儿说，“但别人只知道一些简单的意思，譬如时间和方位，复杂一些的，只有云姊姊和我知道。”

“写的是什么？”叶知秋问。

“她让我离皇帝的春猎远远的，不要扯上任何干系。”杨幻儿说。

春猎两个字在叶知秋脑海中亮了一瞬，却并不意外，只是心惊。

“叶知秋，你知道么，我原本不会写字，”杨幻儿不知为何，忽然提起这一节，“我有时觉得我还不如阿晴身边的白老头，母亲拍拍我的肩，我就去渭水河边等消息——也不知是谁的消息；母亲拍拍我的手，我就去曲江池等消息。有时我被带到不知什么地方，等人给我消息，我会记路，就自己摸索着回去。那时我也不会说话。写字和说话，都是云姊姊教我的。”

“云姊姊第一次见到我，做了一件很奇怪的事，以前从没有人对我做过这种事，我都不明白是什么意思，”杨幻儿说，“大概过了一年半，我学会了写字和说话，回想起当时，才明白那次云姊姊在做什么——她抱着我，哭了。”

叶知秋叹息着，拉起杨幻儿的手。

杨幻儿却把手缩了回去：“你不用回答我，你不明白我的意思。叶知秋，我说这些，是希望你不要怪我，我也没有别的办法。”

叶知秋正狐疑，忽觉身后异样，转过身，文心不知何时站在他身后。

“小叶，我原本以为你准备走了，”文心说，“但我发现，卫尉寺春猎的调令，你终究还是接了。”

“食君之禄么，少不得要忠君之事。”叶知秋敷衍道。

他原本打定主意听谢蓬莱的，远离这一切，但经历胡不归、岑深乃至杨幻儿种种事端之后，他改了主意，接受了调令，没有提出任何异议。不知为何，他总觉得这张调令的幕后，没有皇帝本人的意志，而是闪映着长孙皇后的面影。

文心向前走了两步，他眉心的朱砂痣猩红得如饮过血一般：“那坛杜康，看来不是为你自己准备的。”

叶知秋警惕地步步后退：“下个月就是春猎，隐太子遗党到时候有一系列重大计划，你要是杀我，就什么都打听不到了。”

文心只点点头，不答话。叶知秋抛出的饵看似诱人，实则虚得很，全是推断，没有真凭实据。心下略一计较，他换出一副吊儿郎当的面孔："我知道楚云君实际上是你们的人。"

文心莞尔："小叶，你莫非不知道楚姑娘的身份？"

叶知秋心中懊丧：倒戈一事是楚云君亲口所说，叶知秋当时还真信了几分，但看文心的反应，才知自己又被那美丽的女人涮了一把，又想到谢蓬莱临死前曾说楚云君倒戈很有可能，不由得暗叹楚云君行事诡谲，竟连谢蓬莱也被她骗了七八成。

现在想来，当局者迷，楚云君是隐太子遗孤，怎么可能倒戈？

思及此，叶知秋对文心说："你们一直在找的那样东西，尺素书，我见过。"

文心起了点兴趣，挑眉道："是么？"

"我可以把尺素书背给你，连同隐太子党的计划，"叶知秋说，"但你必须阻止楚云君出现在春猎中，不管用什么手段。五花大绑也好，迷晕也好，我会带着她远走高飞，永不踏入中原。"

文心笑起来："小叶，那份尺素书，其实我并不需要。"

叶知秋说："什么？"

"而楚姑娘的安危……为了雪娘，我也会尽力而为，"文心说，"我也许不会迷晕她，倒是要迷晕你，你的安危，其实比楚姑娘重要得多，卫尉寺的调令，你真不该接……"

叶知秋失去了意识。

杨幻儿从香炉中取出香盒，将神语香的粉末倾入流水中。

至此，文心才长长地吸了一口气，他之前一直屏住了呼吸。

杨幻儿说："和尚，叶知秋归你了，你说好的话要算数。"

即便这么做会死很多人？——文心问杨幻儿。

“对的，”杨幻儿平静地说，“即便会死很多人，反正无论如何，人总是要死的。”

夜色幽深，渭水河边，和尚肩上扛着那青年人，一手拉着耳聋目盲的小丫头，渐行渐远，只有河水无知无觉，千百年地流淌着。

惨淡的青色月亮被一圈毛茸茸的光晕包裹着。

明天必起大风。

20 一场秋

春搜夏苗，秋狝冬狩，帝王四时出郊田猎，示武备于天下。

去年丰收，今岁开春风调雨顺，皇帝反复了一个冬天的旧伤也随着阳春回暖而日趋平缓，今年太子即将大婚，皇帝最宠爱的九皇子要举办成年礼，今年的这场春猎，正是万象更新、振作精神的灿烂开局。

因此皇帝早就下旨，把这场春猎办得热闹宏大，为此各方面都加派了许多人手，譬如管出行仪仗的卫尉寺，各处人马都分派借光了，他们便从同为九寺且一向关系交好的大理寺借调来好些人充入仪仗，经行时，这些器宇轩昂的青年们引得公主、郡主与宫女们恨不能当场评个“百俊图”出来。

皇帝听得女孩们叽叽喳喳，心情也相当好，只是看到仪仗队里一个挺拔青年目不斜视的侧脸时，目光微微一暗，便撇开去再不看了。

皇帝最宠爱的高阳公主喜好佛学，脾气泼辣得很，路上无聊竟敢请来受皇帝信任的和尚文心，公主对轮回特别感兴趣，文心便和她说起“四有轮回”，才开了个头，步辇外一列仪仗经过，一个模样英俊的青年听见步辇内说话声，似是不经意地侧过头看了一眼，文心的脸色却骤然变了。

高阳公主颇豪气地拍拍文心肩膀：“怕什么，我们正经聊佛法，别人怎么想是别人的事。你接着说，两次轮回之间的那个过程叫什么来着？”

叶知秋耳边传来文心传音入密的一声叹息：“小叶，你终究是要‘入局’啊！”

公主的声音清脆悦耳：“……那按四有轮转的说法，因果报应从七天到七七四十九天不等，各人的时间虽各有长短，但报应这回事的确是逃不掉的，对罢？”

文心拿修长的指甲轻轻搔刮眉毛：“可不是么？”

说话间，数里长的御辇队伍便在一千五百名北衙禁军的护卫下光鲜迤逦地行出四十丈宽的朱雀大街，东出西京东北侧通化门，直向此番春猎所在的尧山而去。

叶知秋混迹人群之中，自然是打算低调行事，可惜他身量颀长，又有一张好皮相，比他年纪大的不如他英俊，比他年轻的又没有他多年江湖办案的沧桑，而和他差不多年纪的，似乎又及不上他举手投足的一份潇洒。

如今民风开化，崇尚直率真挚，因此第二天皇家队伍抵达尧山时，叶知秋难受地脱下一身礼服铠甲，拎起来抖了抖，便见香囊、珠串、丝帕、刻着名字的小玉章噼里啪啦落了一地，叶知秋把这些女孩儿传情的信物踢到一边，坐下来费劲地按摩硌得生疼的脊背：

文心前两日与杨幻儿合谋，把他迷晕丢在城外普光寺，五花大绑地交给寺中武僧看管，为逃出来叶知秋吃了不少苦头，背上留下了割断绳结时不得已造成的挫伤，至今隐隐作痛。

下午皇帝出猎，叶知秋就闲了下来，弄了壶酒正打算逍遥半日，却见帐篷门帘掀开，一个刺眼的光头走了进来，叶知秋立刻就把手里酒壶砸了出去，文心接住酒壶，叶知秋怒骂："死和尚！"

文心问他："小叶，你为何偏要来？"

叶知秋没好气地回答："找我相好不行？牡丹花下死，做鬼也风流。"

"那正好，"简曦掀门帘进来，"牡丹之主——皇后殿下召见你，这等美事可不是天天都有的。"

文心正欲说话，却被叶知秋拦下，对简曦懒洋洋地点头道："正好，我也想会会她，我换身衣服就去。"

简曦笑道："如此甚好。"

简曦走后，文心道："小叶，你不要玩火……"

"和尚，"叶知秋说，"我最近总在想一个问题，你看，皇后殿下想杀我，而且绝不手软；皇帝他老人家也想杀我，但似乎一直在犹豫；然后皇后嫡出的儿子——九皇子也要杀我，这是什么缘故？"

不等文心回答，叶知秋又说："当然只凭这三点是想不出什么来的，但是多谢你把我绑在普光寺，我没别的事干，只好胡思乱想。这一想，就想到了过去的一些事，比如我师父荀深吾有九个弟子，但每次进宫面圣，他都只把我带在身边。我一直以为是他老人家特别偏爱我，但是转念再这么一想，会不会是宫里有什么人想见我？"

叶知秋看着文心脸上的表情，继续说：“但每次进宫好像也没见到什么了不得的人物，那会不会是有人想见我，这个人不一定是宫里的人，但宫里却是他最方便见我的地方，至少比他自己家里要方便，因为要是让他家里的正妻见到我，我会小命不保？

“我接着又想，那时住在宫里的有太上皇和隐太子，不住宫里但经常出入宫廷的有其他几个皇子，那究竟是哪一个皇子想见我呢？我倒也没那么自大就咬定了是那时的秦王，现在的皇帝。但接着我就又想到另外一件事，那就是我师父他老人家命令我其他几个师兄豁出命来也要保护好我，是为什么。

“当然，也可能是我师父特别偏爱我，不然他干吗不让我参加春猎，还不是怕我出意外？但另一方面，他却要我好好当大理寺的太祝，留在云诡波谲的西京，这前后忒矛盾。那么，也许师父是为了让我保护他？我在这儿，活得好好的，就有人不敢——或者说不方便动他，因为他是我叶知秋的师父，也因为我师父知道有关于我的秘密。而这个秘密是，我是皇帝的私生子，而这件事你这和尚也早知道了，皇后也知道，皇帝也知道，连杨幻儿都知道，所以要管我叫‘哥哥’，甚至楚云君可能都猜到了——真是‘莫愁前路无知己，天下谁人不识君’。怪不得你每次都及时雨一样地来搭救我，并不是楚云君给你传了信，而是你原本就从皇帝那儿得到了密诏，要让我不少胳膊不缺腿地囫囵活着。”

文心久久无语，过了一会儿，他长叹一声：“那你还答应去见皇后殿下？”

“不过是打发简曦滚罢了，”叶知秋说，“见皇后做什么，送死么？”

“那你今番来此是为何？”文心问。

“看热闹。”叶知秋说。

文心被他呛得无言，过了一会儿，才说：“那你准备怎么打发皇后殿下？”

叶知秋喝了口酒：“船到桥头自然直，办法么，想想说不定就会有的。”

“你不如到我那里去，卫尉寺里我可以帮你告个假。”文心说。

“不必，”叶知秋一笑，“东山老虎吃人，西山老虎也吃人，我独善其身就行了，不劳烦您大驾。”

文心无奈，只好叹息着离开。叶知秋看着他背影消失在帐外，回想起谢蓬莱常常挂在嘴上的一句话：这人世，真是叫人厌倦。

天地之大，哪里是他叶知秋的江湖？

叶知秋长叹一声，仰头灌酒，这时门帘掀起一条缝，一个陌生的女孩儿脸蛋儿红扑扑，眼神清亮，正怯生生地朝帐内探看。

美丽的东西总能让人心情好一点，叶知秋问她：“你找谁？”

女孩儿目光闪烁地望着叶知秋说：“找……找公子你。”

叶知秋意外道：“找我？”

女孩儿鼓起勇气试探地朝叶知秋走来，手里紧紧攥着一个丝帕包儿，裹着一串编得很雅致的五色璎珞穗结——这两天来这种事叶知秋见得多了，倒也不好当面拒绝，便由女孩儿把这精心编制的信物递来，羞红了脸跑出帐篷，临出门却又回头展颜一笑：“公子，奴……奴家姓梁，名唤书雁，郎君若有心寻我，我在……”

叶知秋脑海中忽地闪过一个念头，素绡上一连串名字中的一个跃然眼前，叶知秋立即叫住梁书雁：“你是不是有个姊姊，叫梁书鸿的？”

女孩儿一愣：“郎君怎么知道？”清澈眼眸顿时浮上一层失望之色，“原来郎君已经属意我阿姊了么……”

叶知秋笑道：“当然不是。是我一个朋友为你姐姐害了相思病，我今番有机会随侍春猎，他便托我把寄情的信物转达。”叶知秋说着从革囊里那堆女子们硬塞的信物中随手摸了块玉章，“你看，上面还刻了他的名字——我是说刻了他的心意，是个‘窈’字，窈窕淑女，君子好逑么！你能带你姊姊来我这儿一趟么，我朋友还有些肺腑话央我当面转告她。”

见女孩儿有些犹豫，叶知秋又添了一句：“而且我也想再见你一面。”

女孩儿欣然离去，自然无缘听见叶知秋那句忏悔——“无量寿佛，罪过罪过”。

下午皇帝围猎，皇后游赏尧山附近的卤阳湖。春意正浓，正是水草丰美之时，皇后殿下赏玩一番，听闻内侍传信来说皇帝收获颇丰，兴致大好，作了一首《出猎》，内有“三驱陈锐卒，七萃列材雄”这样的豪壮之句，皇后便也乘兴和了一首，四下一片赞颂之声，只是这好心情等回行宫休息时发现叶知秋并未奉命拜见，便阴郁下来。

于是简曦少不得顶了个办事不力的名头，一脸晦气地来找叶知秋，掀开叶知秋的行帐，他人不在，同帐的另两名侍卫看来也值班未回，却在铺榻之上惊奇地发现了两名昏厥的女子，都作宫女打扮，其中一人双手双脚还被缚到了一起，看绳结的打法还是个惯跑江湖的捕快老手所为。

简曦一霎惊讶非常，不知叶知秋玩的什么花样，却见那名被绑缚的宫女发鬓间插着一片梧桐翠叶，抬头写着“三师兄台览”，而下面的内容却只有四个字，且是当日简曦带弓弩手于西京城中捕杀叶知秋时，对前来救场的文心说过的话：

“天崩地裂。”

简曦只觉头脑嗡地一炸。

当此时，箫角声起，皇帝围猎之后的奢华筵宴已然开席。

今日既是国宴又是家宴，朝臣股肱与宗亲之外，长孙皇后、太子与几位皇子、公主俱在皇帝眼前，一眼望去，仿佛是一片昌明盛世、合家欢融的美景，皇帝频频举杯，美酒琼浆不尽入腹，席间有皇帝所喜爱的阳刚矫健的《破阵舞》助兴，亦令人心怀大畅，当皇帝今日围猎最令人称赏的猎物——一头几百斤的凶悍野猪被烤得金黄流油，由八名青壮抬上来时，众人轰然叫好，称颂声之中，皇帝蒙眬的醉眼却似乎在那八人中看到了一张和自己很有几分相像的年轻面孔。

一时间，宫中内教坊云韶部为春猎而特意排演的，极尽柔美缱绻的舞乐《天曲》也无法吸引皇帝的目光，他一时不知想起了什么，一口将杯中酒喝尽了。

叶知秋此时已顾不上皇帝的目光，只管用传音入密，对末席开怀畅饮的文心说道："隐太子遗党不光要趁春猎假借太子之命调用雍州府兵，在西京发动兵变，事成之后，他们根本不打算挟天子令诸侯，他们要杀死皇帝，还有皇后和在座的所有皇子公主，就是现在！"

文心却只管喝酒，借酒樽遮口鼻时，叶知秋听见他说："小叶，你快走，迟则有变！"

叶知秋只当他喝醉了，道："他们在所有目标的饮食中都下了剧毒，他们早已买通了那些婢女宦官和厨子，文心，我知道那份名单，你得立刻把这些人找出来，我打赌楚云君今晚也在这里。我已设法通知简曦，你和千牛卫还有一干人等处理那些人，我去找楚云君，今晚我就带她走，你一定得帮我找到行宫的地图！"

一声呛咳在宴席间并不响亮，但因发出这一声咳嗽的是皇帝最喜欢的九皇子，不免有好些善于揣摩圣心的人朝九皇子投去了关切的目光，这一看却令人大惊四色：九皇子吐出一口鲜血来。

长孙皇后跟着呛了两声，以手掩鼻，拿开手时，袖上一摊刺目血迹。

场面顿时大乱。

"小叶，快走！"文心厉声道。

叶知秋第一次听他声音如此焦急，便不忸怩，寻着缝隙便要溜去。适才抬烤猪上来时背对着那群跳《天曲》的舞姬，眼下叶知秋从宴饮众人身后侍立着的婢女宦官中间穿行而过，却不经意瞥见那群舞姬中，赫然有一张最为熟悉的面孔，楚云君。

明明别后不过一月，却生出隔世之感。

楚云君亦看见了他，顿时眸光闪动，烟眉蹙紧，叶知秋见她用口型向自己无声而万分急切地叫道：走！

叶知秋忽然不想走了。

曾经的叶知秋有师父，有师兄弟，有大理寺太祝这份卑微却自认为是匡扶正义的工作，有一个关于江湖的怀想，还有一份不忘初心的爱情。但如今，也不知怎么，他就落得了孑然一身的下场。

只剩下一个不能说不爱，又不能说深情的楚云君。

留下来，与其说是为了楚云君，倒不如说是为了叶知秋自己：为了给自己一个活下去的借口，譬如一份假装舍生忘死的爱情。

所以叶知秋收回脚步，他传音入密，语带疲倦地对楚云君说："你收手罢，我带你走。"

此时，除九皇子与长孙皇后，太子、高阳公主与几位皇子公主相继咳血，四下顿时乱作一团，胆小的宫女惊叫连连，皇后倒在皇帝怀中，有宦官高声宣叫太医，又一迭声地传口谕宣北衙禁军前来护驾，北衙禁军仿佛早有准备，眨眼就将宴席大厅围得铁桶也似，此时叶知秋即便想走，也走不脱了。而过不一会儿便来报，整个行宫都已封锁完毕。

皇帝站起身，他一生戎马疆场，见过生杀无数，面对至亲轮番喷溅而出的血迹，他猛地一脚踢翻案几，隆声喝道："噤声！"

如力挽广厦于将倾，不一刻，偌大的厅堂里便只剩下太医飞奔来给皇族们诊病的衣袍窸窣声。

"如何？"皇帝问太医。

冷汗从太医皱纹堆叠的额头上涔涔而下："陛下恕罪，皇后殿下的病因尚……尚未可知。"

皇帝的脸色便如乌云席卷，顷刻黑了一层。

这时若有人敢出一声，只怕会触怒天颜落个满门抄斩的下场，但偏就有人不仅要出声，还要听得人心惊肉跳：在场诸人一开始听见了一阵凄长的嘶吼从远处传来，等声音近了，众人才目瞪口呆地发现，那并不是嘶吼，而是接连不断的疯狂大笑。

厅堂外传来禁军的厉声喝止与武器交错声，片刻便有军士来报，有狂妇被拦在外面，皇帝面色阴沉："让她进来。"

宋二爷便一路狂笑，大踏步地走了进来，不待皇帝问话，便用手指着他，问："你如今可算是尝到了灭门的滋味，感觉如何？我代地下的陇西公一门向你问好呢，哈哈哈哈……"她额头上一道细长伤疤随着她狂笑狰狞地跳凸不定。

皇帝问道："你是隐太子什么人？"

"我是玉容公主的乳母，"宋二爷厉声道，"可怜公主当年不足四岁，也要被你赶尽杀绝！陇西公视你为至亲手足，你却灭他满门！以致太上皇郁郁而终，你这不孝不义的孽鬼！"

叶知秋向文心看去，只见这荤和尚竟能平静地望着意中人，目光隐隐透出一丝悲悯，却既不打算阻止，也不打算救人，任由宋二娘完成毕生的复仇。

皇帝居高临下俯视宋二爷的狂态，沉声问道："所以你要让我亲眼看着至亲骨肉死在面前？"

宋二爷冷笑道："这样我们才好送你去地下给陇西公赔罪啊！"

她说完一掌拍向自己天灵盖，她今日现身，已是存定死志，但这一掌也不单单为了自戕，更是一道信号，这一掌拍下去时，一道身影如利剑般从门外扑入，门外十几名军士竟拦他不住，那耀眼剑光裹挟着丰沛无匹的内力——一如春潮生九州，叶知秋眼睁睁地看着自己师父荀深吾韬光数十年，终于向皇帝刺出了这夺命的一剑！

刹那间三处惊变！

一处，文心般若掌出手，救下宋二爷，使她免于自碎头颅。

二处，宴厅四道侧门内骤如蛟龙出洞，蹿出四列细铠甲士，装束虽同，手中兵器却不一，起落之间叶知秋赫然发现这些人的功夫都在自己之上，这些人如天罗地网将荀深吾笼罩其中，叶知秋目力甚强，一扫之下发现这些甲士人数近百，不由得心惊：若说千牛卫是皇帝的御用警卫与情报署，那皇帝登基以来才逐渐培植起来的北衙禁军就是皇帝的私人军队，有传言北衙禁军中还有一支特别的队伍，根据极其严苛的标准由皇帝亲自擢选，称为“百骑”，至今无人见过“百骑”的真面目，只有流言传说皇帝曾说过这样的话——“百骑”乃吾护心镜也。

荀深吾凝聚毕生绝学的这一剑，就在这面钢筋铁骨的护心镜前碰了个粉碎！

第三处惊变之“惊”，则是惊在宋二爷与荀深吾脸上。

这二人自戕与刺杀双双失败之际，始终面容镇定，甚至隐含一丝快意的冷笑，将目光转向吓得瑟缩在一起的内教坊云韶部舞姬身上，楚云君已神不知鬼不觉地移到这群女子的边缘，待在最接近皇帝，也最不为人注意的角落。

隐太子遗党早预料到今晚的刺杀未必一帆风顺，因此荀深吾既是刺客，也是一记障眼法：若荀深吾刺杀不成，那楚云君才是今晚的“杀招”。

这是义军筹谋多年，填进无数人命才做成的必胜一局。

当宋、荀二人的目光看向楚云君，她无声无息地从袖中抽出事先已抹了剧毒的匕首，但她并未进行练习过上万遍的刺杀行动，却在一片死寂的宴厅内，将雪亮的匕首引人注目地晃了晃，然后手一松，任凭其叮当落地。

惊诧、绝望与愤恨像巨大的浪头狠狠打在宋、荀二人脸上，又像是一棵黑色的狂暴之树从二人体内野蛮地暴长，令他们从内部瞬间生出无数鲜血淋漓的创口。

皇帝依然面目阴沉地盯着这二人：“现在你们再看看，我是如何的家破人亡？”

那些之前纷纷咳血待毙的皇子公主们，并没有一个出现毒发身亡的迹象。

叶知秋望着那个弑兄夺嫡，却又礼贤下士，令天下重新安宁富庶起来的皇帝，发现他在铁血、善战与治国这三样天赋之外，还有第四样本事：能把他已杀死的敌人，再更酷烈与彻底地杀死一遍。

荀深吾双膝一软，跪到地上，像腐朽的墙粉一般无止境地颓败下去。

宋二爷张着嘴哑了许久，终于发出绝非人间所有的凄厉哀号。

至此，皇帝既无怜悯，也无得意，他唇边甚至连一丝运筹帷幄的冷笑都没有，他只有统驭四极八方，被称为“天可汗”的那种平静。

“无量寿佛。”文心低声念了一句佛，传入在场每个人的耳朵。

他抬起眼。

皇帝的平静驾驭了天地，而文心的平静超越了俗尘。

于是短暂的对视后，皇帝稳稳地坐下来，对文心示意："你对她说罢，"然后吩咐左右，"把预备好的沉香水拿来给大家止吐。"

文心在几位"百骑"甲士的严密监视下将宋二爷扶入座，叹道："素绡书上的名单，陛下早已从楚姑娘那里知道了。陛下将计就计，是为了将你们几十年心血经营下的那支义军一朝夕间连根拔除。

"你们的义军藏得太深太好，陛下怕打草惊蛇，如隐太子一般，即便灭了满门也仍是无穷后患。你们一直以为在与陛下周旋，其实其中大部分是皇后殿下的人，陛下只是按兵冷眼旁观，任你们在三省六部、九寺十六卫中折腾。陛下的深谋，连皇后殿下也不尽知，更何况他人？

"今日宴席上，尺素书上那些人早已派人秘密盯梢，下过毒的饮食也已撤去，几位殿下咳血是假象，方才他们喝的羹汤被换作了生蛇血，事先进了苍耳酒，又令舞姬们重施熏香而舞，使人辨不出气味，诸位殿下将羹汤咽下才觉出生腥，不禁呕吐起来，看起来便如毒发的样貌。"

宋二爷颤颤地伸出手，指着楚云君，急促地抽气，一句话也说不出来。

而叶知秋只一味望着楚云君，已有些呆了。

楚云君对她说："母亲，当年父亲熬了十多年，终于熬不过你的怨恨，上吊而亡。我想他亡故前，只会比你更凄楚。"说着对皇帝道，"陛下不是一直不明白我为何会倒戈么？我娘当年打算拿我冒充玉容公主，换她性命。但我父亲终究狠不下心，私念作祟，最终趁我母亲不注意，又将我与公主换了回去。我母亲发觉时，大事已晚。为此母亲怨恨了父亲十多年，任凭父亲如何下跪恳求，也始终以背影面对父亲，以明其志，使我父亲最终绝望自杀。父亲死后，我失控为父亲复仇，拿着刀打算同归于尽，最终却只在母亲额头划了一道。”

楚云君指着宋二爷额头上丑陋的伤疤：“母亲，多年来，你从不用发饰遮掩这道疤，嘴上说是为了提醒自己，你对不起我父亲，但我却知道，你心里只有那个对你温存了两句闲话的隐太子，何曾怜惜过父亲的性命！你留这伤疤，不过是要我内疚，好听你的话，帮你复仇罢了。”

楚云君说着，嫣然一笑：“但我……偏不。你拿我去换公主的那一天，我已没有母亲了。”

宋二爷蓦地喷出一口血来。

楚云君丝毫不为所动：“宋二爷，顺带再告诉你一声，你筹划了二十多年的那支义军，今晚突袭皇城兴庆宫也不会成功，你们安排了人手想要拿下的那些将军，此刻正指挥左右卫、左右骁卫、左右武卫、左右威卫、左右金吾卫、左右领军卫、左右监门卫，像割春薤一样收割义军的人头，烤好的野猪抬进殿来便是暗号，说明陛下的谋略已控制了局面。否则，向来最爱走马张弓的尉迟敬德与侯君集两位将军，今年为何早早辞谢了春猎呢？”

宋二爷眼睛死死睁着，忽然流出两行血泪来。如此静静地流泪片刻，她喉头哽了两声，便不动了。文心试了试她的脉搏，念了一声佛，轻轻将她双眼阖上。

“陛下，”文心说，“请允贫僧将雪娘带去安葬。”

皇帝沉默了一会儿，说：“一并念经超度罢。”

“谨遵圣旨。”文心说着微微低下头，一滴眼泪落在宋二爷已毫无知觉的枯黄面皮上。

“楚姑娘，你可知……”荀深吾枯槁的声音响起来，向着楚云君说，“即便你出卖了你母亲，莫说换不来荣华富贵，连你自己一条命，也还是保不住。你活一天，皇帝便要多担心一天，担心陇西公的遗忠会打着玉容公主的旗号复仇。楚姑娘，你是谁已经不重要，你当过玉容公主的替身，不管你愿不愿意，你就一辈子是玉容公主的替身。”

“你当了一朝隐太子的幕僚，便一辈子是他的忠臣，但我与你不同，”楚云君一笑，“当初我倒戈时，曾求陛下日后答应我一个要求。”

她转向皇帝，盈盈拜下去：“陛下，当日约定，还作数么？”

“你说。”皇帝说，他面目仍是阴沉沉的平静，而长孙皇后却感到丈夫覆在她手上的手掌渐渐紧握起来，攥得她生疼，于是皇后看向楚云君的目光变得冷酷起来：她和这个女子可没有什么约定，为了丈夫的伟业，莫说杀一个公主的替身，即便要她奉上自己的性命，也毫不犹豫。

然而，这时楚云君的目光从皇帝脸上轻轻拂过，落在皇后脸上：“陛下，我想向皇后殿下讨一个旨意。”

皇帝意外地向妻子转过脸，皇后感到丈夫攥着她手掌的手放松了一些，她却轻轻握住了丈夫即将离去的手，那一握充满女性的柔韧与坚定。

楚云君朝皇后盈盈下拜："我想从皇后殿下手里讨一条命：永不追杀叶知秋。"

她声音天然在柔美中暗含着冷淡，不高不低，却在偌大宴厅中激起层层涟漪：叶知秋是谁？皇后为何要追杀他？这楚云君和那叶知秋又是什么关系？叶知秋也是隐太子逆党么？

有传闻说他是皇帝的……

每人都觉得巨大的谜团如鲠在喉，不敢问，不敢出声，却在拼命抑制的紧张中夹杂着针刺般的兴奋：天底下没有比秘密更吊人胃口的了，而皇家的秘密，可算得上所有秘密中的夜明珠。

而叶知秋耳中却充斥着轰鸣，楚云君数度玩笑般说的那句话，此时鼓荡起全身的血流在体内奔涌，她或冷笑，或香拥，或情谊万千，或若即若离，却咒语般重复着那句话："叶知秋，我不会让你死的。"

但之前那巨大的眩晕甚至还未从叶知秋眼前褪去：她并不是个公主！他们从未有过青梅竹马的江湖之约，她这么做却是为何？！

这时皇帝却说话了，问楚云君："此事，你为何偏求皇后殿下？"

皇帝说："你可知道，我只答应你一件事，你用来求皇后殿下，就没有筹码来求我了。"

楚云君身上泛起轻微的颤抖：自己是否……失算了？即便叶知秋是皇帝的儿子，在众多的儿子中，皇帝对他也并不另眼相看？

皇帝并不给她反悔或重新打算的机会，他指着叶知秋，吩咐堂下百骑："将此人当场击杀！"

“不——”

两道人影一跃而起，护在叶知秋身前。

叶知秋呆呆望着挡在自己身前的师父，而师父旁边，站着文心。

文心海青的袍袖鼓胀起来，内力运到十成，然而他仍是恭敬地朝皇帝欠身，口中念佛：“陛下当年把叶知秋托付给贫僧，是贫僧看护不周，未能让叶知秋遁入江湖而远离庙堂，陛下要罚，就先罚贫僧罢。”

和尚的平淡声音荡涤了遮掩记忆的尘埃：夜晚趁叶知秋睡梦中给他种下心魔的那个人渐渐从记忆中走出来，幼年床前纱帐外的身影，有一颗光秃秃的头颅。

叶知秋恍然，对文心道：“是你……”

让我不要留在朝堂，去江湖。

皇帝不为所动：“但你失败了，文心，我不得不收拾残局。”说着向百骑道，“动手。”

数十道身影向叶知秋猛扑过来，文心与荀深吾拼死将叶知秋护在身后，叶知秋不知自己何德何能，能令这两人拼死相救——即便皇帝觉得他碍眼，或许这冰冷人世上，终究还有一丝暖热罢？

一声闷哼，荀深吾被一枪刺中腰眼，倒跌在叶知秋脚下。

叶知秋慌忙将人扶起：“师父……”

荀深吾颤声道：“知秋，你还记得……我曾经……”

叶知秋滚下热泪：“师父，你别说了，一日为师终身为父，不管你做了什么，你始终是我师父——”

荀深吾紧紧抓住叶知秋的手臂，指甲都掐进了他肉里，嘴唇哆嗦着："ch……un……蠢……蠢材！谁要你表忠心了，我……我给你的救命锦囊呢！"

叶知秋慌忙拿出来："师父给的锦囊，徒儿片刻不敢离身。"

荀深吾嘴角溢血："去，拿给……皇帝看，可保你平安。你是……龙子龙孙，太上皇的亲儿子，陇西公和这皇帝的亲……亲兄弟，他不能杀你！"

仿佛被一道绝亮的闪电劈中，叶知秋脑中一片空白。

他甚至不记得自己是如何被师父催促，踉踉跄跄地把锦囊交到宦官手中，从而转呈给皇帝。

皇帝狐疑地打开锦囊，内有一片赤黄色绸料，形状不规则，像是从衣襟上割下来的。展开绸料，熟悉的行草字迹扑入眼帘，令皇帝的眼眶罕见地酸涩发热起来。这无比熟悉又怀念的字迹，写了四个字：

一叶知秋

皇帝不禁抬眼望了一眼叶知秋：原来，他的名字是父亲亲自取的。

隐太子灭门后，父亲迫于二儿子的压力，不久便退位隐居大安宫，终日与伶伎饮酒寻欢，却对新皇帝的所有宴会都推病不去，皇帝去大安宫中看望父亲时，两人往往相对无言。

皇帝知道父亲心中是仇恨的，但仇恨到何种地步，其中又夹杂着哪些其他的感情，却因彼此的默然而不可知了。

如今，他也到了父亲当年被迫退位的年纪，但他似乎和父亲是不同的，他的儿子们之间看起来一片和睦——这和睦是否也如他当年和隐太子在父亲面前表演的那种"和睦"？赤黄色的布料一霎狠狠灼痛了皇帝的眼角，让皇帝体会到了父亲暮年的心境：由于老迈，他已经无力仇恨了，只剩下咀嚼不完的凄楚，当旧日的亲情浮上心头，他给皇帝留下了最后的遗言：一叶知秋。

当你有一天也如我这样，走入了人生的晚秋，想想发生在我身上的事，儿子，你自己的秋天又会是什么光景呢？

你对我做了这样的事，你的儿子又将对你做些什么？

知子莫如父。

皇帝的目光向太子与九皇子一掠，这两个一母同胞的嫡出儿子，他甚至不用千牛府汇报，从他们二人的眼神里就能看出足够多的内情。

不得不承认，老迈的父亲布的这最后一场阵，依然和他势均力敌。

他不得不考虑，在自己几个儿子面前杀掉叶知秋这同父异母的兄弟，是否明智。

这个兄弟是父亲在花甲之龄与伶人苟合而生，父亲托付给昔日隐太子的死忠之臣荀深吾，又留下了“一叶知秋”的锦囊，皇帝恍然大悟：其实父亲对于这个老来子并不特别关心，父亲称帝后，后宫美人无数，也弄出了许多与皇帝、隐太子等一同打天下的儿子年纪悬殊的小皇子，父亲之所以特别安置叶知秋，其实是为了给他的二儿子，留下一盏昔日的苦茶，让他进入同样的晚景时，仔细品尝。

皇帝甚至有点同情这个叶知秋了：他不过是父亲的一封留书罢了，在父亲心中，或许都算不得一个正经儿子。

于是皇帝对叶知秋说：“我不杀你。但从今日起，你不得与朝中任何人士有来往，不得对任何人透露你的身份，此生，不得再踏入中原一步。”皇帝把锦囊收入袖中，自然也不打算还给叶知秋。

叶知秋说：“谨遵圣旨。但我还要带走她。”他指着楚云君。

皇帝问：“为什么？”

“哦，”叶知秋说，“因为我喜欢她。”

皇帝仔细看了看叶知秋，此时他甚至有点亲切了：“从你脸上，我可看不出你对她有什么生死与共的情义。”

叶知秋叹了一声：“陛下说得对。也许我并不很喜欢她，但她却是这世界上唯一一个不为任何利害救我的人。”

“原来如此，”皇帝说，“但我只允许你一个人走。”

叶知秋抬起头来，对皇帝说：“那我也懒得走了。”

空气一时凝滞如冰。

“父亲，让云姊姊走罢，求你了。”轻轻一声，尾音尚带未摆脱的童音，死寂的大殿内冷不丁响起这一声，简直像是鬼语。

“何人说话！”皇帝怒斥。

文心座边的小沙弥摸索着站了起来。

他此前一直低着头，默不作声地坐在文心旁边，像一片薄雾，没有引起任何人的关注。此时他动作不协调地站起来，大家发现这是一个瞎眼的小和尚，这小和尚将脑袋上的头套摘去，一头乌黑长发披散而下。

叶知秋和楚云君早已盯着她说不出话来：是杨幻儿。

但这个杨幻儿和他们所熟悉的那个女孩儿又有所不同，她走路的步伐犹疑胆怯，细细的手腕从袍子里伸出来，惶然地在身边的空气中不停地摸索，眉眼都写满了不安。衬得此前的那个杨幻儿简直像是特意装的耳聋与目盲。

“你是何人？”皇帝问。

杨幻儿说：“我眼睛看不见，耳朵也听不见，所以父亲，如果你正在和我说话，抱歉我不能回答。我姓杨，我母亲是齐王妃，母亲告诉我，我的父亲，同时也是我的二伯。”

一语既出，满座哗然。

天大的丑闻。

叶知秋总算见识了杨幻儿的本事——真正的睁着眼睛说瞎话。

齐王妃即便自欺欺人，也要为齐王留下这么一个荒唐的“后人”，杨幻儿却称自己是皇帝的女儿。

但皇帝显然被她说动了心，他的目光沉沉地落在杨幻儿脸上打量，齐王妃的面影刹那与她重叠。此外，这个女孩儿似乎还拥有自己的一些特征，眉梢、眼角，或许还有这镇定勇决的胆魄，敢孤零零站在这样的境地。

旧日与齐王妃的种种缱绻在皇帝心中苏醒。

杨幻儿说：“母亲说我别说是先天残疾，哪怕耳聪目明，也不能出现在我父亲面前，他会让我死无葬身之地。而在我父亲动手之前，皇后或许会提前为他了结这桩烦心事。比起一个人，母亲说，我更像一个污点，会让无数的正义之士争先恐后地想要擦除。”

皇帝只得挥手，让悄悄向杨幻儿逼近的百骑停下来。

这女孩儿伸手捅破了窗户纸，她说皇帝、皇后、无数旁人都要杀她，反而没人能杀她了——这世上尽管刽子手很多，却很奇特地谁也不愿承认。

杨幻儿明说有人要杀她，这些人只好谁也不敢当这个实至名归的刽子手。

她把贵族们的脸面押作赌注，皇帝心中感叹——这一招置之死地而后生用得很好，可惜她此后将永无宁日，所谓生也不过今日一晚之“生”。

倒有点好奇她想要什么。

这个问题杨幻儿早就回答过胡不归——“是很多人的命。”

杨幻儿继续说：“不过我今天在这里，不是为了和父亲相认，只是为了我站在这里时，可以有时间把我要说的话说出来，我从出生到现在，一直过得很好，以后没有父亲，也会过得一样好。我只是想告诉父亲，云姊姊不能杀。”

“因为云姊姊，最好留给太子哥哥或者九皇子哥哥杀，”杨幻儿说，“他们都很担心父亲的安危，不过他们还是产生了一点分歧，太子哥哥在年前发现了隐太子党的阴谋，他想要解决这件事，想要把隐太子党的傀儡云姊姊杀掉，可是许多事太子哥哥还摸不清，他找不到云姊姊的下落，这不就杀不成了么？九皇子哥哥要更聪明一些，他倒是找到了云姊姊的下落，可是他不知道春猎时该送父亲什么礼物，所以就想，干脆春猎这一天当着父亲的面将云姊姊杀了，父亲或许会高兴呢！”

这下不光皇帝和皇后想杀她，太子和九皇子都恨不得一刀割断她的喉咙。

太子知道隐太子党阴谋，隐而不报是一罪，能力不济，摸不透敌人底细是另一罪；九皇子更厉害，知晓了敌人计划，却打算在春猎上一网打尽，赚个满堂彩，在父亲面前逞能。

这些举动，说到底，不过是为了争储位。

皇帝只盯着杨幻儿，并不看两个儿子，两个儿子却已汗流浃背。

“我之所以知道这些事，”杨幻儿说，“是因为两位哥哥不知为何，都很想和我母亲叙姊侄之情，这么多年来，消息都由我传递。”

不是的，楚云君在心中想，这些消息，没有人告诉你，是你自己东拼西凑，费尽心思得出来的。楚云君曾问杨幻儿，难道说她也对这些鬼蜮伎俩感兴趣，杨幻儿拉着她的手说：“我只是好奇云姊姊在做什么。”

“太子哥哥还对我母亲许诺——真好玩，这许的诺和九皇子哥哥许给我母亲的竟那样相像……”

“够了！”皇帝一脚踢翻面前案几。

一只酒杯滴溜溜滚到杨幻儿脚边。

杨幻儿摸索着蹲下来，摸到了杯子，她仰起脸，叶知秋又见到了那种毫无笑意的笑容：“父亲，让云姊姊走罢，我留在这里陪你，好不好？”

文心叹了一声：虽说杨幻儿揭开了太子和九皇子争斗的底子，以此要挟皇帝放过楚云君——这势必牵连到许多的人命，杨幻儿并不在乎，但那些被牵连的人，或多或少，也是自愿入这局。就像杨幻儿说的，这些人“总是要死的”。

杨幻儿要从今晚这局上救楚云君，只有牵连进许多人命，这样还不够，还要把她自己搭进来。她太弱了，除了身上的残疾，一无所有。但她偏要做七尺伟男子也未必敢做的事，要在这样一场晚宴上救那样一个楚云君。因此，她只能把自己的孱弱当作一样武器，装得走路磕磕绊绊，装成皇帝避之不及的私生子，去杀出一条死路，让楚云君从这条死路走出来，走向生。

叶知秋仿佛看见她在子夜的渭水河边，摸索着从细杨柳下取出楚云君给她的礼物，小小的蜗牛在她手臂上慢慢地爬着，使她感受到这人世唯一的柔软……

一声轻响。

楚云君从地上捡起那把原本用于刺杀的匕首，她的舌头像一瓣芬芳的丁香，缠绵地在锋刃上舔了舔，匕首割破她的舌面，刃缘上涂抹的剧毒悄然融进她的血液。

她对叶知秋说："现在你可以走了，带上幻儿。别告诉她我死了，就说皇帝放了我，我避世隐居了。"

不光叶知秋，所有人都是愕然。

叶知秋喃喃问："为什么……"

"不为什么，我愿意。"她说这话时，甚至都没有看叶知秋一眼。

她的目光仅仅注视着杨幻儿，眼底有一闪而逝的温情。而杨幻儿看不见她，对她来说，不过是在等待皇帝的答复。

少女的面庞上有强装出来的自信，和掩饰不住的稚气。

楚云君却已经倦了，于是她闭着眼，默默忍受着腹中绞痛，一如她忍受她没有选择的人生，却仍要选择甘之如饴。

剧毒在她体内肆虐，渐渐地她再听不见身外的一切声音，于是她索性一心一意陷入往昔的回忆：富丽堂皇的宫殿之中，与她一般年龄的小公主正与少年的叶知秋说悄悄话，楚云君躲在罗帷后面，屏息偷看。她是如此羡慕公主，所有人都哄着她说话，她的快乐是所有人的节日，她的伤心引来所有人的疼惜。

楚云君只有一个阴暗的角落。

那少年的眼睛有多亮呵！他说要去江湖时，眼中的光芒澄澈晶亮，而他又是那样心软，公主一哭便可教他丢盔弃甲，手忙脚乱。

明明脸上还带着一丁点不耐烦……

那时候的楚云君还怀有一丁点希望，她想她会长大，即便成不了公主，也会有一个目光清亮的少年与她相遇，他仗剑江湖，无所畏惧，而她使他投降却只消一滴眼泪，再一个微笑，又使他心花怒放。

但她终究没有等来这样的人生，曾以为是最灰暗的躲在角落的遥远下午，原来却是她人生中唯一的明艳。

竹篮打水一场空。

楚云君想：某种程度上，她比她母亲更不可救药。叶知秋永远也不会知道，她其实一点儿也不爱他，她只是固执地将公主的身份假装到底，假装在这一无所有的人生里，她曾有过一个日光熏然的下午，有过那么一个少年，许下诺言，带她去江湖。

这样也就够了。

哪管它风波里，何处是江湖？

楚云君死去时，脸上浮漾着一痕无人能懂的笑意。

21

尾声

“昨天我忽然想到了……”

说这话时，叶知秋正蹲在宋二爷坟前帮文心烧纸钱，文心则在一旁念往生咒，念完后，他问叶知秋：“想到什么了？”

“你问我的那个问题，”叶知秋说，“什么是江湖。”

文心是一个洗耳恭听的姿态。

现在叶知秋觉得江湖是个坟头，不过，却是个有碑无骸的空坟头。

叶知秋说：“‘十步杀一人，千里不留行’不过是文人的狂想，流传出去叫我这样的傻子当了真。要说这世上多的，不过是贪念与诡诈，这一点，在朝与在野可没什么分别。至于我要投奔的那个江湖——呵，那不过是五柳先生的桃花源，始皇帝遍寻不到的蓬莱仙山罢了，天底下无人不知，却有谁人见过？”

文心念了一声佛，问叶知秋：“你打算去哪里？”

“谁知道。”

“明天就动身？”

“也许。”

叶知秋烧完纸，起身抻了个懒腰："和尚，我这就走了，不送。"

走了两步，回过脸来："我说的答案对不对？"

文心笑着："你自己去北堂看罢，北堂易主了，不知以后是什么样。"

叶知秋摆摆手转过身，这时几只黑鸦从天上飞过，扑棱棱的声音引他抬起头，不知怎么就想起谢蓬莱死前以手指他，又指着上天的一幕，恍惚间，叶知秋感到随着谢蓬莱的手指指中穹宇，苍黄的天幕竟开始缓缓沉降，越来越厚重，也越来越密实，要将叶知秋笼罩其中。

叶知秋不由得加快步伐，抱起立在不远处的杨幻儿，离开这荒原。

在他身后的文心和尚看来，这轻功卓著的青年倏忽远去，竟如一缕灰影从尘世逃离，毫不留恋。

文心便回忆起那个遥远的静夜，自己在地藏王菩萨座下许下宏愿，渡一切众生脱离苦海，他许完愿抬头，恰望见地藏王菩萨半垂着的眼目映着烛火，于妖冶之中透出无上的明净，其清净无染的程度，竟仿佛超过了药师佛的净琉璃世界。

于是他轻而悠长地念了一声："无量寿佛……"

此时，易了主的北堂正在重新装修，工匠卖力撬动顶棚上装饰用的画梁，敲打震动之下，一张纸条从立柱与顶棚的缝隙间飘然坠地，对折的纸页兀自展开，现出写在里面的"衣冠冢"三字来，而周围一片热火朝天的繁忙景象，往来的人络绎不绝，嬉笑怒骂声四处飞溅，眨眼间，十几个脚印便将那纸踏了个稀烂。

——END——